BÁRBARA MONTES
JUAN GÓMEZ-JURADO

AMANDA BLACK

UNA HERENCIA PELIGROSA

Ilustraciones de **David G. Forés**

B DE BLOK

Papel certificado por el Forest Stewardship Council®

Primera edición: febrero de 2021
Quinta reimpresión: julio de 2021

© 2021, Bárbara Montes y Juan Gómez-Jurado
© 2021, Penguin Random House Grupo Editorial, S. A. U.
Travessera de Gràcia, 47-49. 08021 Barcelona
© 2021, David G. Forés, por las ilustraciones
Diseño de cubierta: Penguin Random House Grupo Editorial / Paola Timonet

Printed in Spain – Impreso en España

ISBN: 978-84-17921-37-8
Depósito legal: B-19.194-2020

Compuesto en Compaginem Llibres, S. L.

Impreso en Gómez Aparicio, S. A.
Casarrubuelos (Madrid)

BL 2 1 3 7 8

*Bárbara Montes quiere dedicar este libro
a Alejandro, Jorge, Nerea y Cristina*

*Juan Gómez-Jurado quiere dedicar
este libro a Andrea y Javi*

1

Tengo trece años, y un examen de sociales mañana del que no tengo ni idea. Pero esa no es la mayor de mis preocupaciones.

Antes del fin de semana, el banco nos echará a la tía Paula y a mí de la Mansión Black. Esa era la mayor de mis preocupaciones hasta hace tres segundos.

La cuerda con la que estaba descendiendo desde el piso ciento ochenta de la Torre Dagon Corp. (plaza Dagon, 1) ha sido cortada.

Ahora mismo caigo desde cuatrocientos setenta y siete metros de altura, a una velocidad de aproximadamente cincuenta y cinco metros por segundo.

Calculo que en algo menos de nueve segundos me estamparé contra el suelo.

Tampoco es ésa la mayor de mis preocupaciones.

La mayor de mis preocupaciones es que el que ha cortado la cuerda es mi mejor amigo.

O al menos yo creía que lo era.

2

Me llamo Amanda Black y mi historia comienza un día de no hace mucho tiempo.

Mi vida en aquellos momentos era una... No sé cómo decirlo para que suene más suave... En fin, te lo cuento y ya rellenas tú los puntos suspensivos.

Vivía en un apartamento de una sola habitación con mi tía abuela Paula; es más abuela que tía, su amor puede llegar a ser agobiante, pero, aun así, me siento agradecida por tenerla. Me llevó a vivir con ella cuando yo era un bebé. Mis padres murieron poco después de nacer yo. No tengo recuerdo alguno de ellos. La tía Paula es mi única familia.

Nuestro piso era diminuto, apenas una habitación estrecha, y teníamos que compartir el cuarto de baño con nuestro casero, que también era el propietario del restaurante mejicano que había justo debajo de nuestro piso y del edificio en el que vivíamos, un edificio que se caía a pedazos situado en uno de los peores barrios de la ciudad. El casero ya no trabajaba en el restaurante, lo llevaba uno de sus hijos. Él sólo pasaba por allí para comer. El hombre adoraba la comida mejicana. «Adoraba» = «No comía otra cosa». Y cuanto más picante, mejor, le encantaba el picante.

Kilotones de picante.

Tenía que levantarme antes del amanecer para ir al baño porque el casero era muy madrugador. Si perdía la carrera, aquello se convertía en zona catastrófica. Habría sido necesario ponerlo en cuarentena, en alarma de guerra biológica. Habría necesitado una pinza en la nariz para internarme en aquella jungla olfativa, de lo contrario me hubiese esperado una desagradable muerte por asfixia.

Sin embargo, mi vida estaba a punto de cambiar.

Y no sabes de qué manera.

Me encontraba haciendo los deberes del insti metida en un conducto de ventilación de la entreplanta. ¿Que por qué hacía los deberes metida en un conducto de ventilación?

Ya llegaremos a eso. De momento basta con que sepas que solía esconderme ahí para que el casero no me viese. El casero estaba siempre buscándonos a mi tía y a mí para exigirnos el pago del alquiler atrasado. No teníamos mucho dinero. O mejor dicho, no teníamos NADA de dinero. Con lo que ganaba mi tía nos daba lo justo para alimentarnos.

Alguien pasó frente al conducto. Oí cómo sus pasos se alejaban, continuaban subiendo. No mucho, porque se detuvieron cuando llegaron al primer piso, donde sólo vivíamos el casero, mi tía Paula y yo. Pensé que era muy extraño, porque nunca recibíamos visitas. Él, porque era un ser humano bastante desagradable; nosotras, porque no conocíamos a nadie, ni teníamos más familia.

Ding dong.

Ding dong.

Unos pasos. Y otro timbre distinto.

PRRRRRRIIIIIING.

Al instante, la áspera voz del casero llegó a través de la puerta.

—Ya voy, ya voy. Un poco de paciencia. —La última frase sonó más fuerte e intuí que se debía a que ya había abierto al misterioso visitante—. ¿Qué quiere?

—Traigo un mensaje importantísimo para Amanda Black. —La voz era suave y estaba teñida de elegancia—. ¿Sabe si está en casa? He llamado, pero nadie me abre.

—No lo sé, no soy su portero, si quiere puede dármelo a mí —contestó el casero en un gruñido.

—Eso no será posible, caballero, es un mensaje que sólo puedo entregarle a la señorita Black. Ya le digo que es un mensaje importantísimo.

—Pero ¿cómo va a recibir esa niña un mensaje tan importante? Ella y su tía no son más que dos muertas de hambre que me deben varios meses de alquiler. ¡Démelo y lárguese!

—Lo siento, señor, este mensaje lleva con nosotros trece años. Nos fue encomendada la misión de entregárselo única y exclusivamente a ella. Volveré en otro momento. Muchas gracias por su tiempo, caballero.

—Váyase a la... —La última palabra quedó ahogada por el portazo.

Los pasos comenzaron a acercarse de nuevo en dirección al conducto en el que me encontraba para después alejarse hacia el portal. Unos segundos más tarde el casero salió de su piso, echó la llave a la puerta y bajó las escaleras, pasando, sin saberlo, también frente a mi escondite. Una vez abajo, se paró a hablar con un vecino.

Yo, mientras tanto, estaba hecha un manojo de nervios.

¡Tenía que detener al mensajero!

¡Necesitaba saber qué decía aquel mensaje, quién lo enviaba y por qué era tan importante (importantísimo)!

Pero ¿cómo salía de allí sin que el casero me viese? Si me veía me iba a exigir el alquiler, y no teníamos ninguna forma de pagarle.

De repente tuve una idea.

3

Salí reptando del conducto de ventilación dejando los libros, cuadernos y bolis en él. Ya regresaría más tarde a recogerlo todo. Corrí escaleras arriba hasta el cuarto piso y me dirigí a la ventana que había al final del pasillo. Me costó mucho abrirla. Todo en aquel edificio estaba mal, pero nadie lo arreglaba. Tras forcejear con los cierres durante unos instantes conseguí, por fin, abrir la maldita ventana. Justo a tiempo, porque estaba a punto de romper el cristal. Total, un desperfecto más en el edificio tampoco se notaría.

Llovía.

A mares.

Y yo odio la lluvia.

Cuando llueve mi pelo se riza y se esponja haciéndome parecer un pomerania recién bañado.

Refunfuñando, salí por la ventana y trepé por el canalón que había junto a ella hasta la repisa del quinto piso (la ventana del quinto piso estaba tapiada con tablas y yo lo sabía porque había sido yo quien la había roto jugando con un vecino, por eso había utilizado la del cuarto).

Cuando llegué al quinto piso me di la vuelta con cuidado, pegué la espalda a la pared y miré hacia abajo. Nunca tendría que haberlo hecho. Sentí un poco de vértigo. Si caía terminaría estampada como una pegatina sobre el pavimento. Seguro que dolía un montón. Pero ya había llegado hasta allí y tenía que continuar; realicé un par de inspiraciones profundas y salté al edificio de enfrente.

Durante el saltó ya me di cuenta de que había calculado mal la distancia. Las probabilidades de que no pudiese alcanzar el saliente que era mi destino eran de altas a muy altas.

No lo alcancé.

A cambio, me pude sujetar a los barrotes de un balcón. Tras quedar colgando unos instantes, comencé a trepar al balcón, con tan mala suerte que una de mis zapatillas resbaló a causa de la lluvia (¿Te he dicho ya que odio la lluvia?) y estuve a punto de caer de nuevo.

Por fin conseguí subir y fui bordeando la barandilla hasta alcanzar un nuevo saliente, que empecé a recorrer con mucha cautela, no quería volver a resbalarme.

A través de una de las ventanas frente a las que pasé vi a un par de niños pequeños que jugaban con unos muñecos de superhéroes en el salón de su apartamento. Les guiñé el ojo a través del cristal e hice el gesto que hace Spiderman cuando lanza una de sus telarañas para, a continuación, desaparecer de su vista. En realidad, salté a la escalera de incendios, pero creo que esos chavales nunca olvidarán el día que creyeron ver a Spiderman y en realidad era una niña no mucho mayor que ellos.

Una vez en la escalera de incendios comencé a bajar a toda velocidad, apenas rozaba los escalones, saltaba de tramo a tramo. No sabía cómo estaba haciendo todo aquello. Estaba más que sorprendida con mis capacidades, sobre todo si pensaba que yo en gimnasia tampoco era tan buena.

Llegué al primer piso... Y ahí se acabó la escalera de incendios. En el muro había algo similar a una escalera de mano, sólo necesitaba desengancharla y empujarla hacia abajo. Y lo intenté, no creas, pero hacía tanto ruido que desistí enseguida. El vecindario está lleno de cotillas. Todo el mundo saldría a ver qué pasaba y me caería una bronca importante.

Sólo me quedaba una opción: saltar desde la plataforma en la que me encontraba hasta el suelo. Y como era la única opción que tenía, hice lo único que podía hacer: salté.

Caí bajo la lluvia, la pierna derecha flexionada bajo mi cuerpo, la izquierda estirada hacia un lado, formando un triángulo; el brazo izquierdo estirado a mi espalda y la palma de la mano derecha apoyada sobre el suelo mojado.

Yo pensaba que me partiría una pierna o que terminaría rodando como una albóndiga que se escapa de la cazuela. Pero, ni rotura ni albóndiga.

Sólo un aterrizaje perfecto, y una extraña sensación de irrealidad.

Unos faros me iluminaron de frente. Un chirrido de frenos. Mientras me levantaba, la puerta del automóvil se abrió para cerrarse de nuevo tras salir el ocupante del vehículo, cuyos pasos se acercaban a mí.

Los faros me deslumbraban, pero pude ver que tenía un físico extraño: muy alto y delgado. Vestía el uniforme de una empresa de transportes muy conocida. La gorra ocultaba casi todo su rostro, salvo unos labios finos que se curvaban en una sonrisa irónica.

—Intuyo que es usted la señorita Black, ¿me equivoco?

—No, no lo hace. Creo que tiene un mensaje para mí.

El hombre asintió una sola vez con la cabeza y se llevó la mano hacia el pecho para sacar de un bolsillo interior de su chaqueta un sobre que me tendió.

Lo cogí. No había nada escrito en el exterior del sobre.

—No puede abrirlo hasta las once, cincuenta y siete minutos y quince segundos de esta noche —dijo. Empezaba a sospechar que no era un mensajero normal—. Éste no es un mensaje normal y yo no soy un mensajero normal, si no hace como le digo, el mensaje se destruirá.

Volví a mirar el pedazo de papel que sostenía entre mis manos. Tenía un montón de preguntas en la cabeza, alcé la vista hacia el mensajero, pero éste ya había subido al coche, que se alejaba bajo la lluvia. Sólo pude ver sus faros traseros.

Guardé el sobre en un bolsillo y me llevé una mano al pelo. ¡Lo sabía! Empezaba a rizarse. Cuando se secase se quedaría como el pompón de un gorro de lana.

Con un suspiro resignado comencé a alejarme en dirección al portal del edificio en el que vivía. Cuando llegué, tuve que dar un salto para esconderme. El casero seguía hablando con el vecino. Esa entrada estaba descartada, no quería que aquel hombre me viese y me acribillase a preguntas acerca del pago del alquiler. No cuando todo mi cerebro estaba ocupado intentando averiguar qué contenía aquel sobre que me acababan de entregar.

Tenía que pensar algo.

—¡Achís! —estornudé, con el pelo empapado.

Y a poder ser sin tardar mucho.

4

Entre estornudos, la solución llegó a mí a través de la nariz. Sólo tenía que esperar un poco, no mucho. En el ambiente ya flotaban los aromas de las cenas. En breve llegaría la señal que esperaba. De repente, las ventanas de mi edificio se llenaron de adultos que llamaban a sus hijos. En mi barrio daba igual que lloviese, los apartamentos eran tan pequeños que la mayor parte de los críos preferían ir a jugar al parque tras hacer los deberes a quedarse en casa, donde estarían apretados y sin apenas poder moverse.

En la acera de enfrente se reunió un grupo de diez o doce niños que esperaban para cruzar. Me escurrí entre un par de viandantes hasta las sombras de un portal cercano. Una vez cruzasen, tendrían que pasar frente a mi improvisado escondite para ir a su casa, así que me metería entre ellos para llegar a mi piso sin que el casero me viese.

Los niños cruzaron y comenzaron a acercarse. Vigilé al casero desde mi posición y... uno, dos y tres...

De un salto me colé en el centro del grupo.

—Uy, hola, Amanda, no te había visto —me dijo una de mis vecinas—. ¿Estabas en el parque?

—Shhhhhh —chisté llevándome un dedo a los labios—. No, no estaba en el parque, pero no quiero que el señor Pauldon me vea. Disimula.

La niña rio bajito, se quitó su gorro de lana y me lo caló en la cabeza casi hasta las cejas.

—Si te ve con esto, pensará que eres yo. Ya me lo devolverás mañana en clase.

—Gracias.

Faltaban cinco metros para alcanzar el portal.

El señor Pauldon miró al grupo que se acercaba.

Cuatro metros.

Estiró el cuello como una jirafa intentando ver las caras, buscándome entre ellas.

Tres metros.

Mi vecina acercó su cara a la mía, fingiendo que íbamos cuchicheando.

Dos metros.

Los ojos del casero se iluminaron cuando me reconoció.

¡Drama!

Un metro.

Algunos chavales del grupo ya habían entrado en el portal, uno de ellos sostenía la puerta para que no se cerrase. Cuando estaba atravesándola, el señor Pauldon extendió el brazo con la intención de atraparme. Me escabullí de un salto y salí corriendo hacia la escalera.

El hombre intentó perseguirme, pero mi vecina le puso la zancadilla, lo que provocó que mi casero tropezase y casi cayese al suelo. Justo lo que yo necesitaba para conseguir llegar al primer tramo de escaleras. Cuando lo alcancé, me detuve, me di media vuelta, miré a mi vecina y dibujé un «gracias» con los labios a la vez que le guiñaba un ojo. Ella se despidió de mí con un gesto de la mano. Al cabo de unos segundos ya estaba abriendo la puerta del piso que compartía con la tía Paula. Apenas me acordaba de mis deberes, que seguían en el conducto de ventilación. Estaba demasiado emocionada.

En casa, la tía Paula se esmeraba en preparar la cena sobre el pequeño infiernillo situado sobre una caja de fruta al que llamábamos cocina. Esa noche tocaba col hervida. Col. Una col. Tendríamos que compartir una para las dos. La tía movía su enjuto cuerpo con agilidad, esquivando las pocas cosas que poseíamos. Algunos cabellos se le habían soltado del moño bajo que siempre lucía y le hacían parecer mucho más joven que los casi sesenta años que tenía —o eso calculaba yo que tenía, en realidad no tenía ni idea de cuál sería su edad.

—Tía Paula, no te vas a creer lo que me ha pasado —dije sacando el sobre del bolsillo y mostrándoselo a la tía.

—Claro que me lo voy a creer, ¿qué motivos tendría para no creerte? —contestó ella con una risa.

Apagó el infiernillo dejando el cazo con la col sobre él, ya que no teníamos otro sitio donde dejarlo, y se acercó a mí.

—A ver, cuéntame qué te ha pasado y por qué estás tan contenta.

La tía Paula se sentó en la cama que ocupaba casi todo el espacio de lo que era nuestro apartamento y dio unas palmadas en la colcha junto a ella para que me sentase yo también.

—He recibido un mensaje —dije sonriendo.

—¿Y qué dice el mensaje? —preguntó ella.

—No lo sé, hasta las once, cincuenta y siete minutos y quince segundos no puedo abrirlo.

—¿Quién lo envía?

—No tengo ni idea, me lo ha dado un mensajero y me ha dicho que no podía abrirlo hasta esa hora porque si no, el mensaje se destruiría. También dijo que esto —agité el sobre frente a la cara de la tía— les fue entregado hace trece años, ¿no crees que es todo muy misterioso?

La tía Paula cogió el sobre y lo miró por ambos lados. A continuación, lo puso bajo la bombilla que colgaba de un triste cable desde el techo y lo miró al trasluz. Sus rasgos, habitualmente amables, se habían nublado formando una arruga entre las cejas. Pasaba los dedos sobre el papel de manera suave y lenta, casi lo acariciaba, como si no quisiera mancharlo.

—No puede ser —murmuró la tía para sí misma—. No puede ser... Aunque... No, no, es imposible.

—¿Qué no puede ser? ¿Sabes quién lo envía?

La tía se levantó de la cama tendiéndome el sobre. Había un tono extraño en su voz.

—Amanda, no tengo ni idea de quién lo envía, pero la hora a la que puedes abrirlo es la hora a la que naciste. A esa hora exacta, cumplirás trece años. Tal vez deberíamos dejar que se destruyese, no me gusta.

—¿Qué no te gusta, tía? —pregunté desilusionada.

—Todo esto no me gusta. No sabemos quién envía el mensaje... Y dices que fue enviado hace trece años... No sé, Amanda, es muy extraño. Podría ser peligroso.

—Pero...

—Mira, cariño, vamos a cenar y después decides —me interrumpió dirigiéndose al cazo con la col.

Conocía a mi tía Paula. Siempre ha sido cariñosa y razonable, pero a la vez, firme y un poco testaruda; rara vez se enfada, no le hace falta, sólo necesita lanzarte su famosa mirada de aviso para que hagas —o dejes de hacer— lo que sea que te haya pedido. Y acababa de lanzarme esa mirada. No había nada más que hablar, por lo menos de momento.

Miré el reloj que colgaba sobre la cama. Las nueve y cuarenta y tres minutos. Faltaba muchísimo tiempo todavía para poder abrir el sobre.

Guardé el mensaje en mi bolsillo y saqué de debajo de la cama la caja de zapatos que utilizábamos como mesa.

Después de cenar devolvimos nuestra mesa a su lugar bajo la cama y fregamos los cacharros en el baño que compartíamos con el casero. A esa hora ya era seguro salir, ya que él dormía a pierna suelta. A través de nuestra pared podíamos oír sus ronquidos. Sonaban como un dragón acatarrado. Aproveché el viaje para lavarme los dientes y para recuperar mis libros, cuadernos y bolígrafos del conducto de ventilación. Ahora ya sabes por qué hacía mis deberes en ese lugar... En nuestro apartamento no había sitio.

Colgué mi ropa en el «armario», que no era más que una barra de cortina sobre la única ventana que tenía nuestro piso, y me puse el pijama en un intento por hacer que el tiempo pasase más deprisa. No conseguí mucho. Y todavía faltaban treinta y cuatro minutos y doce segundos para la hora señalada.

Aproveché para terminar los deberes.

Cuando acabé eran las once, cincuenta y seis minutos y cuarenta y dos segundos.

Seguí con los ojos el avance de las manecillas del reloj. ¡Qué lento iba!

Cuando, por fin, el reloj marcó las once, cincuenta y siete minutos y quince segundos, algo comenzó a ocurrir en el sobre.

5

La tía Paula se había acercado sigilosa y miraba por encima de mi hombro lo que sucedía en el sobre que yo continuaba sosteniendo entre los dedos, con mucho cuidado, como si fuese a morderme.

Unas letras en tinta roja, escritas con una delicada caligrafía, comenzaron, poco a poco, a aparecer en el amarillento papel.

Antes de que pudiese leerlas, la tía Paula, veloz como un rayo, me arrebató el sobre de entre las manos y lo levantó por encima de su cabeza.

—Dámelo. ¿Qué haces? —pregunté alarmada.

—Creo que no es buena idea que leas esto, Amanda —respondió.

Me levanté de la cama e intenté hacerme de nuevo con el sobre, pero la tía Paula se lo cambió de mano, manteniéndolo lejos de mi alcance.

—Tía, quiero leerlo, es mío.

Empezaba a enfadarme; la tía Paula actuaba de una manera muy extraña, nada propia de ella. Siempre me había dejado tomar mis propias decisiones.

—Amanda, en serio, creo que no es buena idea; de hecho, es una malísima idea.

Resoplé enfadada y volví a sentarme. Cuando la tía decidía algo, no había más que decir.

—Está bien, de acuerdo. Si crees que no debo leer esa carta, guárdala, destrúyela, haz lo que quieras con ella.

La tía se sentó a mi lado, volvió a leer las palabras que habían aparecido en el sobre tapándolo con su cuerpo para evitar que yo pudiese verlas y, a continuación, me lo tendió.

—¿Qué pasa ahora? —pregunté, todavía enfadada, sin atreverme a cogerlo.

—Tienes razón, he sido egoísta, debes decidir por ti misma.

—¿Qué ocurre, tía? Nunca habías hecho algo así. Leí el sobre.

A LA ATENCIÓN DE LA SRTA. AMANDA BLACK
EN EL DÍA DE SU CUMPLEAÑOS

—¡Mira, es mi nombre! —exclamé, todavía cautelosa por si la tía Paula decidía volver a quitármelo.

—Ya veo, ya. —La voz de la tía sonó apagada y algo que me pareció miedo asomó en su tono.

—¿Qué ocurre? —Repetí mi pregunta.

—Amanda, creo que reconozco esa letra... Y no estoy segura de que debas abrir el sobre. —Le temblaba la voz—. Todo lo que suceda de aquí en adelante será muy peligroso. Llevo todos estos años intentando mantenerte a salvo, segura. Lo que leas en ese papel puede cambiarlo todo.

La tía Paula estaba muy asustada. Nunca la había visto así, ni siquiera aquella vez que me perdí en la feria cuando yo tenía solo siete años. Estuve perdida toda una tarde y, cuando me encontró varias horas después sentada cerca del tiovivo, comiendo un algodón de azúcar y jugando con un agente de policía, me cubrió de besos y me hizo prometer que nunca más me alejaría de ella sin avisarla.

Ahora sus ojos se abrían alarmados y sobre su labio se habían formado unas pequeñas gotitas de sudor. Estrujaba un trapo de cocina con tanta fuerza que los nudillos se le habían puesto blancos.

Dejé el sobre en la cama, me di la vuelta y le sujeté las manos para calmarla.

—Tía, dime quién crees que lo ha escrito.

—Esa es la letra de tu madre. De mi sobrina. Estoy segura.

Volví a mirar aquel pedazo de papel, sin soltarla. Ahora tenía más ganas todavía de abrirlo.

—Entiendes que eso sólo hace que tenga más ganas de leer el mensaje, ¿verdad?

—Sí, cariño, lo entiendo. —La tía Paula forzó una sonrisa—. Si yo fuese tú también querría saber qué pone.

Solté las manos de la tía, volví a sujetar el sobre y lo rasgué con cuidado de no romper el papel que había en su interior.

6

Querida Amanda:

Si estás leyendo esta carta sólo puede significar una cosa: hoy cumples trece años. También es posible que signifique que ni tu padre ni yo estamos contigo en estos momentos. Las probabilidades de que continuemos con vida son entre bajas y nulas, pero imagino que eso ya lo habrás averiguado por ti misma.

Te escribo esta carta poco después de haber visto tu preciosa carita por primera vez. Acabas de nacer, hace apenas unas horas, ha sido la noche más difícil de mi vida, pero ha merecido la pena. Tu padre y yo sabemos que tenemos las horas contadas y debemos protegerte, no sólo porque eres nuestra hija y te queremos, sino porque, además, eres la última de nuestra estirpe. La última Black.

Si la tía Paula ha seguido nuestras instrucciones, y espero que así haya sido, en estos momentos vives con ella. Se ha hecho cargo de ti a lo largo de todos estos años y ha mantenido en secreto tu legado. No te enfades con tu tía, todo ha sido a petición nuestra. Siempre supimos que algo así podría ocurrir y está a punto de ocurrir. Nos pisan los talones; sin embargo, tienes que saber que te queremos y que nos habría encantado verte crecer.

Es posible que estos días atrás hayas empezado a notar algunos cambios en ti. No hablo de los cambios normales que experimenta una niña al crecer, no; hablo de cambios más... peculiares. Esos cambios son parte de tu legado. ¿Que cuál es tu legado? Eso debes descubrirlo por ti misma y, para ello, deberás tomar posesión de la Mansión Black, la casa de tus padres y, ahora, tu casa. En ella encontrarás todo lo que necesitas para averiguar quién eres en realidad.

Tu tía y tú tendréis que ir a ver al señor Longboom, el notario, él os dará las llaves de la mansión y hará todo el papeleo que conlleva esta herencia. Mañana mismo podéis mudaros a la mansión si así lo deseáis.

Me cuesta mucho acabar esta carta, Amanda, pero el tiempo se nos acaba. Haz caso a tu tía en todo y confía en ella, siempre. Pase lo que pase, ella te ayudará.

Te quieren,

MAMÁ Y PAPÁ

7

Tenía tantas preguntas en la cabeza que no sabía muy bien por cuál comenzar. La tía había apoyado una de sus manos en mi hombro. Con un gesto le pasé la carta y ella la leyó en silencio. Algunas lágrimas acudieron a sus ojos y lo único que pude hacer fue darle lo que a mí me parecieron unas consoladoras palmaditas en el brazo.

Leer las palabras de mi madre tenía que ser muy doloroso para ella. Mis abuelos murieron cuando mi madre era muy pequeña y la tía Paula, la hermana más pequeña de mi abuela, se había hecho cargo de la niña. Años después, la niña a la que había criado se convirtió a su vez en madre y murió, por lo que decía aquella carta, asesinada, teniendo que hacerse cargo de su hija, o sea, de mí.

La tía se enjugó las lágrimas y me miró.

—Imagino que tienes muchas preguntas, Amanda —dijo—. Intentaré contestarte las que pueda, pero ya has visto lo que dice tu madre. Me temo que hay cosas que tienes que averiguar por ti misma.

Medité durante unos instantes. La primera pregunta era la más dolorosa para ella, pero necesitaba saberlo.

—¿Cómo murieron? —pregunté en un susurro—. Me dijiste que había sido un accidente de coche.

—Fue un accidente, pero no de coche. Viajaban hacia Pekín en una avioneta, creían que allí podrían esconderse, que no podrían encontrarles. Desaparecieron cuando sobrevolaban la cordillera del Himalaya. Los busqué durante mucho tiempo, pero nunca pude recuperar sus cuerpos. Lo que sí averigüé es que su avioneta había sido saboteada.

—¿Por quién?

—Eso es parte de lo que tienes que averiguar por ti misma —contestó misteriosa.

¡Averiguarlo por mí misma! Yo no entendía muy bien por qué la tía Paula no podía decirme nada si ella ya lo sabía todo. O casi todo. Bueno, en realidad había muchas cosas que no entendía, como lo de los cambios que estaba notando, lo de recibir mi legado trece años después, lo de vivir en una caja de zapatos cuando había una mansión a mi nombre por ahí... En fin, detalles que se me escapaban, pero, de momento, tenía más preguntas pendientes para la tía.

—Pero si sabías quién había saboteado el avión de mis padres, ¿por qué no les denunciaste?

—Porque eso habría hecho que te encontrasen y lo más importante era mantenerte a salvo. Por lo menos hasta que estés preparada.

—¿Preparada para qué?

—Eso también tienes que averiguarlo tú sola. —La tía hizo una pausa muy larga, se llevó las manos a las sienes y se las frotó antes de continuar con un suspiro—. Mira, Amanda —dijo por fin—, tu madre no pudo elegir. Eso fue culpa mía, yo me ocupé de entrenarla en la tradición familiar, hice que se convirtiese en lo que se suponía que estaba destinada a ser, pero no pienso cometer dos veces el mismo error. Tal y como yo lo veo, podemos olvidarnos de esta carta y seguir con nuestra vida como hasta ahora.

—¿O bien? —pregunté cuando me di cuenta de que la tía Paula no pensaba continuar.

—O bien podemos ir mañana a ver al notario y que tomes posesión de tu herencia, tal y como dice tu madre en su carta —admitió la tía resoplando.

Algo me decía que la tía prefería la primera opción—. En cualquier caso, la decisión es tuya.

—A mí me parece bien lo de vivir en una mansión —contesté encogiéndome de hombros.

—Tu herencia no es sólo la mansión. Desde el momento en el que pongas un pie en esa casa tu vida correrá peligro y lo único que podré hacer yo para ayudarte será entrenarte, todo lo demás deberás descubrirlo tú sola. ¡Ah! Y tendrás que cambiar de instituto, la mansión está en la parte alta de la ciudad, en las colinas, demasiado lejos del instituto al que vas ahora.

Eso tampoco era un problema. No tenía tantos amigos. Empezar de cero no tenía por qué ser algo malo, sobre todo si eso conllevaba abandonar este agujero infecto y vivir en una mansión.

—¿Entrenarme? ¿Para qué?

—Eso lo sabrás en su debido momento —respondió.

Una cosa estaba clara, no tenía ninguna intención de darme más información de la estrictamente necesaria.

—Creo que he tomado una decisión, tía Paula —dije tras meditarlo un poco. Estaba hecha un lío. Y nerviosa, también estaba muy nerviosa, mucho más que ante un examen final, pero había decisiones que, mirando a mi alrededor, no eran tan difíciles de tomar—. «Mansión Black» son dos palabras demasiado potentes como para decidir ignorarlas. Además, quiero saber qué les sucedió a mis padres y quién se supone que soy yo. Mañana iremos a ver al notario.

8

Esa misma tarde regresamos al piso a recoger nuestras cosas y a pagar al casero los atrasos que le debíamos. Junto a las llaves de la Mansión Black el notario nos había entregado una pequeña cantidad de dinero. Una vez que pagásemos al señor Pauldon no nos quedaría mucho, pero qué más daba, ahora teníamos una mansión. Podría tener mi propia habitación.

En el piso recogí mis escasas posesiones, las metí en la caja de cebollas que todavía olía a cebollas que utilizaba para guardarlas y me despedí del que había sido mi hogar durante los últimos años.

—Adiós, piso mugriento.

La tía Paula se echó a reír ante mi lacónica despedida. Ella solamente portaba una pequeña maleta. Ninguna de las dos teníamos mucho, sobre todo, lo que no teníamos era ningún sentimiento de pena por dejar aquel apartamento y aquel barrio. A mí esto de la mansión se me antojaba toda una aventura, a pesar de que la tía seguía sin tenerlas todas consigo en cuanto al giro que iban a dar nuestras vidas.

—No las tengo todas conmigo, Amanda —me dijo la tía dando un portazo detrás de ella y dejando atrás definitivamente la lata de sardinas que ya no era nuestro hogar—. Esto es peligroso, la misma gente que fue a por tus padres, irá ahora a por ti.

—Pero ¿quiénes son? No haces más que decirme lo peligroso que es esto, pero no me dices nada más.

—¡Porque no puedo, niña! —exclamó la tía, enfadada—. Es parte de tu entrenamiento. Van a ser semanas muy duras, te lo advierto. Y lo que no voy a consentir es que tus notas bajen. ¿Ha quedado clarito?

Abandonamos el edificio y nos dirigimos hacia nuestra nueva vivienda. En tranvía. No nos quedaba lo suficiente para coger un taxi. Tendríamos que hacer varios transbordos, nos llevaría casi tres horas llegar al otro lado de la ciudad.

El tranvía nos dejó a unos dos kilómetros del comienzo de los terrenos de la Mansión Black. Para ser una casa de ricos, no estaba muy bien comunicada, aunque no dejaba de tener lógica, al fin y al cabo, los ricos no necesitan coger el tranvía.

Después de un largo paseo llegamos frente a la verja de entrada a la mansión. Era enorme. Dos portalones daban acceso a la finca, que estaba rodeada por unos gruesos y altos muros de piedra coronados por puntiagudos adornos metálicos. La parte baja de las puertas era de hierro, con barrotes que escalaban hasta la parte superior. Entre los barrotes se entrelazaban gruesas tiras también de hierro. De cerca no podía verse, pero mientras nos acercábamos caminando, nos habíamos fijado en que esas gruesas tiras de hierro formaban una M y una B. Mansión Black.

Probamos todas las llaves del manojo de llaves que nos había entregado el notario.

No tardamos mucho en darnos cuenta de que ninguna abría aquella puerta.

Empezábamos bien.

—¿Qué hacemos? —pregunté mirando a través de los barrotes a los terrenos que había tras ellos. A lo lejos podía verse el tejado de la mansión, negro, pero frente a nosotras, tan sólo había un camino de grava a cuyos lados se alzaban árboles, algunos de ellos eran como manos huesudas extendidas hacia el cielo, sin ninguna hoja que los adornase ni pinta de que fuesen a volver a tenerlas—. Necesitamos entrar, esta es nuestra casa ahora. ¿Quieres que trepe por los barrotes?

—Oh, no será necesario —dijo la tía acercándose a uno de los laterales—. Aquí hay un telefonillo.

Era cierto, un moderno intercomunicador reposaba sobre el muro como un cuadro sobre una pared.

La tía apretó una de las muchas teclas que había en el panel cuando yo todavía estaba intentando decidir cuál podría ser la correcta. En ningún momento creí que aquellas puertas fuesen a abrirse. En teoría aquella casa llevaba vacía desde que mis padres desaparecieron hacía ya trece años.

Las puertas comenzaron a abrirse.

—Tía —comencé con cautela—. ¿Cómo sabías que había un telefonillo ahí?

—Oh, porque éste fue mi hogar hasta hace trece años —contestó con naturalidad—. Al fin y al cabo, yo también soy una Black. ¿Dónde crees que me entrenaron?

Miré a la tía con una interrogación dibujada en el rostro. Ella se encogió de hombros y atravesó las puertas con una sonrisa de suficiencia en los labios.

—Vamos, Amanda, todavía tenemos que caminar un poco para llegar a la casa —dijo la tía agitando la mano en mi dirección.

—¿Cómo era vivir aquí? —pregunté, todavía sin moverme del sitio. La verdad es que estaba bastante impresionada con todo aquello y sólo intentaba ganar algo de tiempo hasta que mis piernas dejasen de temblar. Las sentía como gelatina y no tenía claro que fuese capaz de andar en línea recta.

La tía Paula se acercó a mí con una sonrisa soñadora en sus labios.

—Fui muy feliz en esta casa. Esta mansión era la mejor de la ciudad... Pero de eso hace ya mucho tiempo. —Su gesto se ensombreció de repente, como si hubiese recordado algo bastante menos agradable, y murmuró, casi para sí misma—. Luego comenzaron los problemas...

La tía Paula dejó la frase en el aire, se volvió hacia mí y, de nuevo con una sonrisa en su rostro, preguntó:

—¿Vamos?

Mi tía quería cambiar de tema y yo la conocía lo suficiente como para saber que, cuando eso ocurría, no era buen momento para intentar obtener más información. Cualquier pregunta que hiciese únicamente conseguiría que se cerrase en banda, pero me hice una nota mental para, en otro momento, intentar averiguar qué problemas eran ésos.

Atravesamos las puertas que daban a la que ahora era mi propiedad. En aquel momento no le di mayor importancia más allá de la típica al saber que eres propietaria de una mansión. Si hubiese sabido lo mucho que iba a cambiar mi vida, creo que habría organizado algún tipo de ceremonia. O igual habría salido por patas de allí.

9

No sé qué pensaba yo que sería una mansión, desde luego no aquello. Los terrenos cercanos a la casa, que en otro tiempo debían de haber contado con una vegetación frondosa y colorida, se veían ahora deslucidos y muertos. Los árboles eran meros esqueletos sin hojas, sin flores, sin color. Se adivinaban zonas que debían de haber estado sembradas de flores y setos podados en alegres formas. En la actualidad eran campos yermos de tierras grises y arbustos que se veían como mi cabello cuando me levanto por las mañanas, aunque por lo menos daban una nota de vida a tanto gris. Aquello parecía más un cementerio que un jardín. Saqué el móvil para inmortalizar ese momento. Vale que el entorno era un desastre, pero eso no quitaba para que ese fuese uno de los momentos más importantes de mi vida. Desbloqueé la pantalla, abrí la cámara fotográfica e hice algunas fotografías de aquel jardín, que sí, que estaba muerto, pero era mi jardín muerto y a mí me hacía ilusión.

Comencé a preguntarme cómo sería el interior de la imponente casa que se veía a lo lejos. Si tenía que guiarme por el estado de los jardines, no albergaba grandes esperanzas.

Llegamos frente a una escalinata de piedra que llevaba hasta dos altas puertas de madera tallada. En ellas colgaban sendas aldabas de metal en forma de cabeza de dragón. Sobre la madera de la puerta había una lámina del mismo metal. Los dragones portaban una bola en la boca y es con esa bola con la que se golpeaba en la puerta. A uno de los lados había, también, un timbre moderno.

—Espera, que busco las llaves —me dijo la tía.

Yo no soy de las que esperan y desde que había visto esos dos dragones estaba deseando utilizarlos.

POC POC POC POC POC POC.

El sonido retumbó por todas partes. Algunos cuervos salieron volando y graznando desde un grupo de árboles que había a la derecha de donde nos encontrábamos nosotras. La tía me miró con una interrogación en la mirada.

—Lo siento, no he podido evitarlo —dije encogiéndome de hombros.

Ella echó el aire por la nariz y puso los ojos en blanco. A continuación, siguió buscando las llaves en su bolso. Acababa de encontrarlas cuando una de las puertas se abrió con un chirrido.

Miré en el interior, todo estaba en tinieblas.

No vi a nadie.

No tenía ni idea de lo que estaba pasando allí. Sólo faltaba que en la mansión hubiese fantasmas, aunque con esos jardines, tampoco me hubiese extrañado.

La tía y yo volvimos a mirarnos; si bien ella parecía tranquila, en mi rostro adiviné un gesto entre el horror y la sorpresa.

—Venga, Amanda. Es tu casa, tienes que ser la primera en entrar —me animó dándome una palmadita en la espalda.

Yo clavé los pies en el suelo. Alguien había abierto aquella puerta y yo no tenía ni idea de quién había sido. Si mi tía pensaba que iba a entrar la primera estaba muy equivocada.

—No, tía, pasa tú. Al fin y al cabo, tú ya has vivido aquí y... —No se me ocurría ninguna buena excusa—. Bueno, eso, que pases tú.

La tía penetró en la penumbra del recibidor, dio algunos pasos para detenerse frente a la escalinata que ascendía hacia el piso superior. Dejó la maleta en el suelo y centró toda su atención en la gran vidriera que presidía el rellano. En ella estaba representada la mansión y sus jardines en todo su esplendor.

Yo entré detrás de ella, caminando despacio y mirando a mi alrededor. Me situé a su lado.

De repente y sin previo aviso, la puerta se cerró a nuestras espaldas.

10

No voy a negar que me asusté. Y mucho. En apenas un salto me planté en el descansillo de la escalinata en posición de lucha. No sé cómo lo hice, había por lo menos dieciséis escalones hasta ese descansillo.

Al cerrarse la puerta la iluminación de la estancia había desaparecido casi por completo. Mis ojos no tardaron mucho en acostumbrarse a la escasa luz, que no era otra que la que atravesaba los cristales de la vidriera.

Junto a la puerta adiviné una figura. Un estremecimiento recorrió mi espina dorsal. Era demasiado alta y delgada para ser una figura humana.

La tía, sin embargo, se acercó a la figura.

—¡Benson! ¡Qué alegría! —exclamó aproximándose al extraño—. No pensaba que se encontraría aquí, aunque al abrirnos el portalón de entrada, ya me he imaginado algo.

—Señora, un placer volver a verla —dijo la figura con tono educado—. Y usted, jovencita, debe de ser la señorita Amanda Black.

Yo seguía en mi sitio, sin saber muy bien qué estaba pasando y quién era aquel Benson. Si bien, algo en él me resultaba familiar. Comencé a bajar los escalones muy despacio, pensando en algo que decir.

La tía se acercó a los ventanales, cubiertos con gruesos cortinajes de terciopelo granate, y comenzó a correrlos permitiendo que entrase la luz del día en el recibidor. Durante un instante muy breve, cuando retiró la primera de las cortinas, la luz incidió sobre la parte baja del rostro de Benson.

Entonces le reconocí.

—¡Tú eres el mensajero! —exclamé acercándome a mayor velocidad a él—. ¡Tú me diste el mensaje de mis padres!

—Creo que me confunde con otro, querida señorita. Sólo soy el viejo Benson —dijo con una inclinación de la cabeza y una sonrisa misteriosa—. Mayordomo de la familia Black y, por tanto, su mayordomo.

Lo miré como si fuese un extraterrestre.

—Vamos, vamos, Amanda, estás cansada, ha sido un día con muchas emociones —dijo mi tía acercándose—. Será mejor que vayas a tu habitación a deshacer tu equipaje.

—¡Pero quiero ver la casa! —me quejé mirando a mi alrededor.

Era la primera vez que estaba en una mansión, de hecho, era la primera vez que estaba en MI mansión. Ahora que me encontraba en su interior, el entusiasmo y los nervios se habían apoderado de todos los miembros de mi cuerpo, cambiaba el peso de un pie a otro intentando contener la emoción. Tenía muchísimas ganas de verla y recorrer todos y cada uno de sus rincones. Estiré el cuello para poder ver, por lo menos, lo que había alrededor del recibidor.

Lo que vi no tenía muy buena pinta. Desde donde estábamos y a través de un gran arco, sólo alcancé a vislumbrar lo que parecía una estancia en la que los muebles reposaban bajo sábanas cubiertas de polvo. Se veían como fantasmas. En el techo de esa estancia, manchas de humedad hacían las veces de decoración, descendían por los muros como enredaderas hasta alcanzar el suelo, donde los tablones de madera estaban levantados y podridos. El papel de la pared, decorado con florecitas en tonos verdes y violetas, presentaba desconchones y manchas en varios puntos.

En resumen, aquella casa cuyo recibidor me había parecido magnífico lo mismo estaba más decrépita de lo que me había imaginado.

Subí al piso superior arrastrando los pies por los escalones y me dirigí a la primera habitación que vi. Abrí la puerta y lo que me encontré no me pareció mal del todo. Una enorme cama de madera con dosel presidía el dormitorio; a un lado, había un armario con unas elaboradas puertas talladas, y al otro, una especie de mesa con espejo que bien podría servirme para hacer los deberes, aunque sabía que era un tocador. Un sitio donde maquillarse, peinarse y darse potingues en la cara, cosas que yo no hacía, excepto lo de peinarme. Y sólo de cuando en cuando.

Comencé a deshacer mi equipaje o, mejor dicho, a vaciar la caja de cebollas que todavía olía a cebollas en la que guardaba mis posesiones. No llevaba mucho instalándome, cuando sonaron unos golpecitos en la puerta.

TOC TOC TOC.

—¿Se puede? —preguntó la tía Paula a través de la gruesa madera.

—Sí, claro, entra.

La tía abrió la puerta y miró a su alrededor con una sonrisa pícara en sus labios.

—Este dormitorio no está mal, pero hay otro que creo que te va a gustar mucho más.

—Tía, da igual uno que otro —rezongué—. Cualquiera de ellos va a ser más grande que la lata de sardinas en la que vivíamos...

—No seas tonta, Amanda —me interrumpió, aunque su voz continuaba siendo amable—. Coge tus cosas y sígueme. Por una vez en tu vida, hazme caso sin protestar.

Volví a meter mis pertenencias en la caja de cebollas que todavía olía a cebollas y me dispuse a seguir a mi tía allá donde me llevase.

Me guio por pasillos y escaleras durante un rato; apenas dos segundos después de abandonar la primera habitación, yo ya estaba perdida. Iba a necesitar un mapa para llegar a mi dormitorio.

—Lo mismo los primeros días tienes que hacerte un mapa para llegar a tu dormitorio —comentó la tía—, pero no te preocupes, enseguida conocerás todos los recovecos de esta mansión... Y no son pocos.

Por fin llegamos a la que iba a ser mi habitación. Mis dominios. El camino hasta allí había servido para que me diese cuenta del mal estado en el que se encontraba la casa. Su fachada era imponente y estaba bien conservada; sin embargo, el interior era una catástrofe mal disimulada: goteras, suelos levantados, pintura desconchada, papeles rasgados... Un desastre entre cuatro paredes.

Pero seguía siendo mejor que el piso del que veníamos. ¡Y era mía! Nadie podría echarme de allí nunca. Es posible que muriésemos enterradas cuando aquello se derrumbase, algo que, por su aspecto, no tardaría en suceder, pero me daba bastante igual.

La tía se dio la vuelta y me miró levantando las cejas.

—¿Estás preparada para ver tu nuevo dormitorio? —preguntó sujetando el pomo de una de las dos puertas que daban acceso a lo que, por su tono, debía de ser el paraíso.

—Claro, venga, déjame verla.

La tía abrió la puerta y con sólo un vistazo, tuve que darle la razón.

AQUELLA ERA LA HABITACIÓN MÁS GENIAL DEL MUNDO.

Al igual que el dormitorio que había elegido yo, contaba con una cama con dosel; sin embargo, esta era de una madera clara, casi blanca, con vetas azules. El dosel era de seda azul y caía desde las esquinas de la estructura, que estaba tallada formando hojas. La pared en la que se situaba el cabecero de la cama estaba decorada con un papel con pequeñas motas sobre fondo blanco en tonalidades que iban del azul al violeta y en el que se dibujaba, en su parte superior, un dragón de escamas moradas. Dos de los otros tres muros tenían paneles de madera blanca, y el tercero no era en absoluto un muro, era un ventanal semicircular que daba a una maravillosa terraza con suelo y balaustrada de piedra. Una cortina de la misma seda azul que el dosel estaba recogida a ambos lados del ventanal.

Había también un armario enorme, una mesa de estudio con un moderno ordenador, una estantería de suelo a techo llena de libros, más libros de los que había visto nunca. La estantería contaba con unos rieles en su parte superior a los que había sujeta una escalera de madera para que pudiese alcanzar los libros que se encontraban más arriba. La estancia se completaba con una chimenea frente a la que descansaban dos butacas, una azul y la otra morada. El fuego, encendido, había caldeado el dormitorio de modo que la temperatura en su interior era perfecta. A la derecha de la chimenea se situaba otra puerta, me acerqué y la abrí. Un cuarto de baño. En mi habitación. Con su bañera, su ducha, su lavabo y sus cosas de cuarto de baño. Todo para mí.

Sí, aquello debía de ser el paraíso. Así que yo debía de estar muerta.

Volví a sacar el móvil del bolsillo trasero de mis vaqueros para hacer fotos a aquel dormitorio tan genial.

—¿Te gusta? —La voz de mi tía me sacó de mi embeleso.

—Sí, es la mejor habitación del universo... O a mí me lo parece.

—La ha decorado Benson para ti. Siguiendo mis indicaciones, claro. Los gustos de Benson están un poco... anticuados —finalizó mi tía con cierto tono de misterio.

—Pero ¿de dónde ha salido el dinero para todo esto? —pregunté haciendo un gesto con la mano que abarcaba el dormitorio entero—. El resto de la casa está casi en ruinas.

—Bueno, esta casa oculta muchos secretos, aunque es cierto que tendremos que trabajar un poco para devolverle a esta mansión su antiguo esplendor...

—¿Un poco? —pregunté—. Es una bonita forma de decirlo.

—Vale, tendremos que trabajar mucho, niña, pero contamos con todo el tiempo del mundo... Ahora esta casa es tuya y tienes que descubrir sus secretos. De hecho, en esta habitación comienza tu entrenamiento. Aquí encontrarás una pista que deberás seguir para poder avanzar.

—¿Mi entrenamiento para qué? ¿Una pista para qué?

—Ese es el primer paso de tu entrenamiento, averiguar para qué estás siendo entrenada. Aunque hoy ya has tenido bastantes emociones; ahora descansa un rato. A las siete y media cenaremos. Debes ser puntual o te quedarás sin cenar.

—¿Dónde? ¿Adónde tengo que ir? ¿Cómo voy a ir sin perderme?

—Eso también forma parte de tu entrenamiento: conocer la casa y cómo moverte por ella sin que nadie note tu presencia.

—Por nadie te refieres a Benson y a ti, intuyo.

—No creo que haya nadie más en la Mansión Black; sin embargo, pronto aprenderás que no es tan fácil engañarnos a nosotros. Recuerda que somos tus entrenadores, será por algo. Esto te va a hacer falta de ahora en adelante, también tendrás que aprender cómo funciona. —La tía me tendió una caja redonda y de metal.

Abrí la caja sin saber muy bien qué esperar. Sobre un pequeño cojín de terciopelo azul marino, redondo como la caja, reposaba un reloj. En su esfera lucían la hora y muchos otros datos que no tenía ni idea de qué eran. Alrededor de la esfera había más botones que en la cabina de un avión.

—¿Y cómo quieres que averigüe cómo funciona esto? ¿Está bien la hora?

—Sí, la hora está bien —resopló la tía quitándome la caja de las manos—. Y para saber cómo funciona, lo mismo deberías leerte las instrucciones.

Levantó el cojín de terciopelo y me enseñó lo que había debajo: un grueso cuadernillo con la palabra «Instrucciones» en la cubierta y un cable.

La tía me devolvió la caja y se marchó cerrando la puerta tras ella.

Pasé las hojas del pequeño manual de manera rápida, deteniéndome apenas unos segundos en el índice: ajustar el dispositivo, calendario, agenda, zonas horarias, mapeo de zonas desconocidas, comunicaciones a larga distancia... Me iba a llevar un tiempo dominar el funcionamiento de aquel trasto.

Para ser mi primer día en la nueva casa, la tía Paula ya me había impuesto tres tareas: buscar la pista en el dormitorio, leer el manual para conseguir manejar aquel complicado reloj y aprender el camino desde mi habitación al comedor.

Tenía que priorizar.

Apenas quedaba una hora para la cena y mi estómago gruñía como un perro viejo.

Me puse el reloj dejando para más tarde lo de leer las instrucciones y salí al pasillo.

11

Llegar al comedor fue más sencillo de lo que había imaginado. Sólo necesité buscar escaleras que bajasen, si bien para encontrarlas tuve que valerme de mi sigilo y agilidad.

No hacía mucho que había abandonado mi dormitorio y vagaba por los pasillos de la mansión sin conseguir encontrar el camino que debía seguir, cuando oí pasos a mi espalda. Miré sobre mi hombro. Los pasos se acercaban, estaban a punto de doblar por la misma esquina por la que yo acababa de girar.

La tía me había dicho que nadie podía verme ni oírme, así que hice lo único que podía hacer: corrí a esconderme en una habitación que quedaba a mi derecha. Benson pasó frente a mí sin darse cuenta de que no estaba solo y yo me dediqué a perseguirle. Antes o después tendría que bajar las escaleras para servir la cena, así que sólo necesitaba ser silenciosa y evitar que él me viese.

La primera parte fue fácil; la segunda, no tanto.

El maldito Benson parecía tener un oído finísimo y, a cada pocos metros, se detenía en medio del pasillo, miraba a su espalda, como si hubiese oído algo para, a continuación, seguir su camino.

Estaba segura de no estar haciendo ningún sonido, pero eso no evitó que tuviese que esconderme cada vez que él se detenía. Una vez detrás de un jarrón; otra, bajo una mesa; una más, en una esquina... Incluso una de las veces tuve que dar un salto en vertical y sujetarme al artesonado del techo. Sigo sin saber cómo hice eso, pero Benson no pudo verme cuando se giró. Y menos mal que no miró hacia arriba, de lo contrario, me habría quedado sin cenar.

Llegamos a la escalinata. A partir de ahí, ya podría ir yo sola hasta el comedor, así que, cuando Benson se perdió escaleras abajo, continué avanzando por la galería. En mi camino abría todas las puertas con las que me cruzaba, casi todas eran habitaciones con los muebles tapados por sábanas. Todas menos una. Entré en lo que parecía una biblioteca (me di cuenta porque sus paredes estaban cubiertas por estanterías que llegaban hasta el techo, no se podía decir que no fuese observadora).

La estancia conservaba su antiguo esplendor, no había ni una mota de polvo. Me acerqué a la chimenea, en cuya repisa había varias fotografías expuestas. Cogí la primera y me la acerqué a los ojos. Esa fotografía tenía más años que un bosque. En ella, un grupo de personas vestidas con ropas antiguas sonreían a la cámara desde el jardín de la Mansión Black. La foto era en blanco y negro y apenas se distinguían los rostros. Me fijé en una figura que había en segundo plano... Parecía Benson, era igual de alto, igual de delgado, llevaba el mismo traje de mayordomo... No podía verle la cara bien, pero habría jurado que era él; sin embargo, esa foto debía de tener por lo menos cien años. Era todo muy raro.

Unos pasos fuera de la biblioteca me obligaron a dejar la fotografía donde estaba y a buscar un escondite.

Cuando los pasos se alejaron, abandoné la biblioteca prometiéndome volver más tarde.

Llegué al comedor cinco minutos antes de la hora prevista, y he de decir que rebosaba orgullo por todos los poros de mi piel.

—Buenas noches, cariño —saludó la tía Paula—. ¿Has encontrado bien el camino? Benson me ha comentado que le has perseguido por toda la casa.

—El orgullo que sentía hacía apenas unos segundos se desinfló como un globo, dejando, a cambio, un sentimiento de desilusión y fracaso—. ¡Oh, vamos, Amanda! Te dije que no sería fácil engañarnos.

—Pero ¿cómo ha podido verme? —pregunté enfurruñada—. ¡He tenido mucho cuidado!

—Sus zapatillas, señorita Black —explicó Benson entrando en el comedor con una sopera entre las manos—, sus zapatillas la delataron. Pude ver las huellas que dejaron. Mañana tendré que limpiar el artesonado para que no se estropee; eso sí, el salto fue espectacular.

Lo miré con los ojos como platos, sin saber muy bien qué decir.

—No te preocupes, cielo, pronto aprenderás a moverte por la casa sin que lo notemos —dijo la tía dándome unas palmaditas en el brazo.

Después de cenar subí de nuevo a mi dormitorio. Me costó un poco, pero comenzaba a aprender los giros y escaleras que debía tomar para llegar a la primera. Intenté regresar a la biblioteca que había encontrado antes de la cena, pero no pude dar con ella. Desde la escalinata recorrí el camino anterior, encontré la puerta en cuestión y, al abrirla, sí, ahí estaba la biblioteca, pero su aspecto era muy diferente. Todo estaba cubierto por el polvo y sobre la chimenea no había ninguna vieja fotografía. En aquella casa sucedía algo muy raro y estaba segura de que Benson tenía algo que ver con ello. Me propuse intentar averiguar algo en cuanto tuviese un rato, pero antes tenía que preparar las cosas para el día siguiente.

Estaba bastante nerviosa; por la mañana comenzaría las clases en el nuevo instituto. Un instituto en el que no conocía a nadie. En mi flamante nuevo ordenador googleé el nombre del instituto, pero tampoco pude conseguir mucha información sobre sus alumnos, sólo que la mayoría venían de familias adineradas, a juzgar por las fotografías del anuario. Como no podía dormir, me dediqué a buscar la pista que se suponía que se encontraba en mi dormitorio. No sabía muy bien qué estaba buscando, pero había visto las suficientes películas de espías como para saber que debía tocar todo lo que hubiese en la habitación. Me llevó un par de horas manosear libros, candelabros, cuadros, patas de mesa y tablones del suelo hasta que descubrí un pequeño resorte disimulado en el marco de uno de los cuadros que decoraban los muros de la estancia. Al pulsarlo, un panel de madera se alzó dejando al descubierto un pasadizo al otro lado. Era estrecho, tenebroso, de techo no muy alto y las telarañas cubrían la entrada formando una cortina viscosa y polvorienta.

Por supuesto, me adentré en el pasadizo sin dudarlo ni un segundo.

Enseguida me di cuenta de que allí dentro estaba demasiado oscuro. Era imposible ver nada y yo no llevaba más que la linterna de mi móvil, al que le quedaba apenas un dos por ciento de batería. Inspeccioné un poco el pasadizo, lo justo para darme cuenta de que en sus muros se abrían más pasadizos, tanto a izquierda como a derecha; algunos subían, otros bajaban y otros no se sabía muy bien qué hacían porque estaban ocultos por puertas. Retrocedí sobre mis pasos con la firme promesa de inspeccionar todo aquello al día siguiente, cuando volviese de mis clases.

Oculté el pasadizo pulsando el mismo resorte con el que lo había abierto y me preparé para irme a la cama. Sabía que no iba a dormir mucho, así que me dirigí a la estantería para elegir un libro que leer. Observé sus lomos de suave cuero, pasé mis dedos sobre aquellos preciosos libros y leí algunos de los títulos. Elegí uno al azar.

Al extraerlo, vi algo en el fondo de la estantería. Alargué la mano para tocarlo. Alumbré la zona con una vela, teniendo cuidado de no prenderle fuego a nada. Mi móvil reposaba ya en la mesilla, cargándose para el día siguiente.

Afilando los ojos me pareció distinguir una letra. Una U.

Comencé a sacar los libros de aquel estante con cuidado de no estropearlos. Poco a poco quedó al descubierto otra letra, una T.

Ante mis ojos apareció la palabra «TU».

No entendía nada. ¿Por qué estaba la palabra TU escrita en el fondo de la estantería? ¿Sería parte de la pista que me había dicho la tía?

—Yo, ¿qué?

No sabía qué hacer. Miré el resto de la estantería, que subía hasta el techo del dormitorio.

¿Habría más palabras detrás de todos aquellos libros?

Sólo se me ocurrió una cosa, así que me puse a ello.

12

Me costó un par de horas, pero, finalmente había conseguido sacar todos los libros. Los había ido colocando en el suelo en el mismo orden en el que estaban en la estantería, separándolos también por baldas. El suelo de mi dormitorio parecía una biblioteca por la que hubiese pasado un huracán muy ordenado.

Sudaba a causa del esfuerzo. Había perdido la cuenta de las veces que había tenido que subir y bajar la escalera hasta conseguir vaciar todas las repisas. En la parte trasera de cada estante había una palabra escrita.

Me retiré el flequillo de la frente y di unos pasos hacia atrás para leer el mensaje completo.

SU
FINAL
ES
TU
PRINCIPIO

Esa tenía que ser la pista. Estaba segura, pero ¿qué significaba? ¿El final de qué era mi principio? ¿Y qué era aquel dibujo?

Eché un vistazo distraído al reloj que me había regalado la tía.

Eran las cuatro y media de la madrugada. Apenas me quedaba tiempo si quería dormir algo y no llegar al instituto con el aspecto de una zombi. Ya recogería los libros al día siguiente. Si podía, claro, porque tendría que inspeccionar el pasadizo, intentar averiguar qué pasaba con la biblioteca y la tía me había dicho que tendría que comenzar mi entrenamiento. Y todo eso sin contar con el trabajo que tuviese que hacer del instituto.

Miré mi cama.

Miré los libros que reposaban en el suelo.

Volví a mirar mi cama.

Miré la estantería vacía.

Calculé mentalmente el tiempo que me llevaría recoger todo aquello y lo resté del tiempo que me llevaría hacer todas las cosas que tenía que hacer al día siguiente... O mejor dicho, que tenía que hacer en un rato.

Me daba un número negativo.

Suspiré.

Comencé a recoger los libros.

El amanecer me pilló colocando los últimos tomos en su lugar original.

Ya no me daba tiempo a dormir así que me dirigí al cuarto de baño para darme una ducha y prepararme para el primer día de clase.

Lo bueno de no tener mucha ropa es que no es difícil elegir qué te pones, así que escogí unos vaqueros, mis zapatillas negras, una camiseta de Batman y una sudadera negra con capucha. Metí los libros en la mochila y fui a desayunar con la tía Paula.

13

Bajé del autobús y me detuve frente a la escalinata que llevaba a las puertas del instituto. Una riada de chicos y chicas, más o menos de mi edad, entraban por las fauces abiertas del edificio. Yo tenía muchos factores en mi contra, por ejemplo:

- Era la nueva.
- El curso estaba empezado.
- Estaba en mi primer año de instituto.
- No conocía a nadie.
- Al parecer, por los coches y motocicletas que conducían los estudiantes de los cursos superiores, y por la vestimenta de todos, yo era probablemente la más pobre del instituto, aunque viviese en la que había sido la mejor mansión de la ciudad.

Estaba bastante nerviosa. Agaché la cabeza y comencé a subir los peldaños.

—Hola, soy Eric. —Alguien me bloqueaba el paso. Levanté la vista del suelo. Una cara pecosa y risueña, coronada por una mata desordenada de cabellos pelirrojos, me sonreía—. Tú debes de ser Amanda Black, la nueva. El director Phillips me pidió ayer que te recibiese y te acompañase en este primer día de clases.

—Ehhh... —Estaba bloqueada, no me esperaba un recibimiento así por parte del instituto. El chico me miraba expectante; siempre me había puesto muy nerviosa al tener que hablar con desconocidos. Necesitaba reaccionar rápido si no quería que me tomase por imbécil. La verdad es que yo no estaba muy acostumbrada a que la gente, en general, y los chicos, en particular, fuesen amables conmigo, aunque se lo hubiese pedido el director del instituto. Las palabras se agolpaban en mi cabeza peleando por salir, pero ninguna me parecía lo bastante buena, así que no fui muy original en mi respuesta—. Sí, claro, soy Amanda...

—Muy bien, pues acompáñame —me interrumpió mi nuevo guía—. No te separes de mí, esto puede ser muy complicado.

Un chico pasó junto a Eric y le dio un empujón con el hombro. Mi nuevo amigo se rascó la cabeza y murmuró un «perdón» con una risa nerviosa. No dije nada, pero me extrañó.

Eric me acompañó hasta la secretaría, donde me dieron los horarios de mis clases y el candado para mi taquilla. A continuación, me llevó hasta la taquilla, que estaba situada junto a la suya. Dejé en ella los libros que no iba a necesitar y continuamos con la visita. Durante todo el camino Eric no dejó de charlar y de explicarme el funcionamiento de aquel microcosmos en forma de instituto. Señalaba a diferentes grupos de estudiantes e iba contando:

—Estos de aquí forman el grupo de teatro, aquellos son del equipo de baloncesto, estas chicas son el grupo de informática... Yo formo parte del grupo de informática también. Aquellos de allí hacen el periódico estudiantil... y aquellas... Bueno, aquellas no hacen nada especial, en realidad, pero son las más populares, es muy fuerte... La verdad es que no entiendo muy bien por qué, pero qué voy a saber yo... Ah, mira, ya hemos llegado. Esta es tu primera clase. —Eric se había detenido frente a una puerta y sonreía animándome a entrar—. Vendré a buscarte cuando termine para acompañarte a la siguiente clase.

—Vale, gracias —murmuré con timidez.

—No tengas miedo, es difícil comenzar en un instituto nuevo, pero todo va a ir bien. —Eric me sonrió a la vez que me guiñaba un ojo y se marchó a su clase.

Aquel chico me había caído bien, por el camino me había hecho reír un par de veces con sus comentarios; además, parecía inteligente y, lo que era más importante, también parecía que yo le había caído bien a él... Y más valía que así fuese, porque era la única persona a la que conocía en aquel instituto y yo no era famosa precisamente por mi facilidad para hacer amigos.

Respiré hondo y entré en el aula. Miré a los alumnos que ya se encontraban en ella.

Se hizo el silencio mientras avanzaba hasta uno de los pupitres de la última fila.

Cuando me senté, los chicos y chicas de la clase dejaron de prestarme atención y siguieron charlando de sus cosas. Nadie se acercó a presentarse. Yo tampoco me presenté a nadie. Me sentía bastante intimidada por el aspecto lustroso de mis compañeros. Miré los puños raídos de mi vieja sudadera e intenté esconderlos con las manos. No tenía nada de qué preocuparme, nadie me prestó atención, aunque sí noté algunas miradas de reojo.

Las clases transcurrieron con normalidad, al igual que la hora de la comida, durante la cual, por supuesto, Eric me acompañó. Aprovechamos para conocernos un poco mejor. Me contó que se le daban bien la informática y la tecnología, su padre le había enseñado todo lo que sabía y era su pasión, seguía aprendiendo día a día; también me contó que no tenía muchos amigos en aquel instituto, ni fuera de él, algo de lo que, más o menos, yo ya me había dado cuenta; sin embargo, se le veía un chico feliz y amistoso, yo no entendía nada. Si aquel chaval, amable, divertido, inteligente y guapo no había hecho amigos, yo lo iba a tener crudísimo.

A lo largo de la jornada asistí a más incidentes como ese primer empujón que se había llevado Eric. Insultos disimulados, empujones, alguna zancadilla. Mi nuevo amigo los encajaba con una sonrisa y quitaba importancia a lo sucedido.

A mí me extrañó, ese chico reaccionaba como si nada sucediese, y yo no quería molestar a la única persona que había sido amable conmigo haciendo preguntas indiscretas. Me caía muy bien y no quería estropearlo. En ese momento, Eric recibió otro empujón y, de nuevo, hizo como si no pasase nada. Sólo se rascaba la cabeza y emitía una risilla nerviosa mientras me miraba con una disculpa en la mirada.

Sin embargo, no fue hasta el final del día que las cosas se torcieron del todo.

14

E ra viernes y Eric estaba contento. Parecía que lo de hacerse amigo de aquella extraña chica estaba resultando mucho más fácil de lo que había imaginado.

Cuando el director Phillips le había pedido el día anterior que recibiese a la nueva alumna, Eric había resoplado, al menos en su interior. No le hacían mucha gracia los nuevos alumnos; al fin y al cabo, tarde o temprano terminarían metiéndose con él, como el resto. En general, a Eric le daban bastante pereza los desconocidos. Eso sí, al director Phillips le había puesto su mejor sonrisa y le había asegurado que lo haría encantado.

Al llegar a casa Eric había buscado información sobre Amanda Black y lo que había encontrado le había despertado mucha curiosidad. Tenían bastante en común: eran de la misma edad, a partir del día siguiente irían al mismo instituto y, además, ambos contaban en su currículum con padres desaparecidos. Rastreando en distintos portales de noticias, Eric había averiguado que los cuerpos de los padres de Amanda nunca habían aparecido y que ella se había criado con una tía abuela.

«Qué fuerte —pensó Eric al descubrirlo—, tiene que haberlo pasado muy mal.»

Pero había algo en ese apellido que le sonaba. Black. Creía haber visto ese apellido antes. Y creía saber dónde.

Eric salió de su habitación y se dirigió al desván. A su escondite secreto... O más bien al escondite secreto de su padre.

A los pocos días de desaparecer su padre durante una misión —o eso les dijeron a Eric y a su madre—, un grupo de agentes de la agencia gubernamental en la que trabajaba se presentaron en su casa. Su madre les dio permiso para llevarse el ordenador y los documentos de su despacho. Los agentes esgrimieron como excusa que, tal vez, buscando entre sus archivos, pudiesen encontrar alguna pista sobre su paradero. Nunca le encontraron, y él nunca volvió a ponerse en contacto con su mujer y su hijo. Eric no quería pensar que estuviese muerto, pero todo indicaba que así era, de lo contrario habría hecho saber a su familia que seguía con vida. Algo tenía que haber ido fatal en aquella misión secreta; sin embargo, ni aquellos agentes ni su madre sabían que su padre tenía otro ordenador: un portátil que escondía en una falsa pared del desván. Eric lo sabía porque lo había descubierto hacía muchos años, un día que sus juegos le llevaron a la buhardilla de la casa. Desde la desaparición Eric había buscado pistas en aquel portátil más de una vez, pero no había encontrado nunca nada.

Hasta, tal vez, ahora.

Sacó el ordenador de su escondite, lo encendió —dar con la clave no había sido tan difícil— y tecleó en el buscador la palabra «Black». Pocos segundos después la búsqueda le devolvió los resultados: un solo documento. Se trataba de un viejo recorte de periódico que su padre había escaneado. El artículo estaba ilustrado por una fotografía en la que aparecía su padre con una pareja. En el pie de foto se veía el nombre de su padre y el de los señores Black. Los padres de la chica nueva.

«Qué fuerte —volvió a pensar Eric mientras se rascaba la cabeza de manera inconsciente—. Sus padres y el mío se conocían.»

Si los padres de ella habían desaparecido y su padre también, lo mismo merecía la pena hacerse amigo de la nueva, podría saber algo que le ayudase a dar con su padre. Eric quería saber qué le había pasado, si seguía vivo o no, era lo que más deseaba en el mundo. Veía cómo su madre, en ocasiones, se quedaba con la mirada perdida y sabía que, en esos momentos, estaba pensando en él. Se querían muchísimo. Necesitaban saber qué había sido de él.

Y en eso estaba Eric, si bien tenía que reconocer que Amanda le había sorprendido. Y para bien. Le había gustado acompañarla y enseñarle el instituto y, durante la comida, le había contado cosas que nunca le había contado a nadie. Era fácil hablar con ella y aquél había sido uno de los mejores días que había tenido desde que había comenzado el curso.

El ruido de sus compañeros recogiendo sus cosas sacó al chico de sus pensamientos, ni siquiera había oído el timbre. Tenía que darse prisa si quería encontrarse con Amanda a la salida de su aula.

15

Un timbrazo agudo anunció el final de las clases. Lo mejor de todo es que era viernes y hasta el lunes no tendría que volver a enfrentarme a todo aquello. Me entretuve recogiendo mis libros, lo hice lo más despacio que pude. Prefería no ser la primera en salir, ya que eso supondría pasar por delante de todos los demás. Cuando me quedé sola en la clase, me puse en marcha.

Eric me esperaba en la puerta con su ya habitual sonrisa tatuada en sus labios.

—¿Qué? ¿Qué tal ha ido todo? ¿Te vas haciendo al instituto? —me preguntó ayudándome a cerrar la cremallera de mi mochila.

—Bueno, todos me miran, aunque imagino que eso tendrá que ver con que soy la nueva.

—En un par de días se les pasará, ya verás. No te preocupes. Yo estaré contigo todo el tiempo que necesites.

—Nadie ha hablado conmigo... Aunque yo tampoco he hablado con nadie.

—¡Qué fuerte! ¡No digas eso! —rio Eric—. Yo he hablado contigo y tú conmigo. Poco a poco irás conociendo a más gente.

Me resultó curioso que Eric dijese eso: durante todo el tiempo que había pasado con él, nadie se había acercado a saludarle o a charlar con el chico, tan sólo durante el descanso para comer, una de sus compañeras del grupo de informática se nos había acercado y había pasado unos minutos con nosotros.

Me daba en la nariz que Eric era también un poco —bastante— solitario, más que nada porque me lo había dicho él mismo.

Salimos del edificio charlando sobre los deberes que tendríamos que hacer para el próximo día. Bajamos la escalinata y comenzamos a caminar hacia la parada del autobús todavía inmersos en nuestra conversación, así que no vimos al grupo de chicas que había un poco más adelante.

Choqué con una de ellas.

—Uy, perdona, no te había visto —me disculpé de inmediato.

—No pasa nada, no te preocupes —contestó la muchacha quitándole importancia a mi torpeza.

—Vaya, el empollón se ha echado una novia —dijo otra de las chicas del grupo. Era alta y muy guapa, una auténtica belleza, si bien en su rostro se dibujaba una mueca de asco que la afeaba bastante—. Una novia tan horripilante como él mismo, todo sea dicho. No tiene clase ni para vestirse, mirad esas zapatillas viejas que lleva.

Un coro de risas forzadas acompañó a esa última frase.

Miré mis zapatillas avergonzada. Se veían gastadas y descoloridas, pero a mí me encantaban. Fui a decirle a aquella chica que cerrase la boca y se metiese en sus asuntos, pero Eric me lo impidió.

—Sara, Amanda no te ha hecho nada. —Eric me defendió.

—El cerebrito sabe decir algo más que «perdón» y «no pasa nada», qué sorpresa...

Una de las muchachas del grupo se separó un poco mientras la tal Sara se acercaba a Eric; el resto miraban al suelo avergonzadas. Yo seguía la escena en silencio, lista para salir en ayuda de mi amigo en cualquier momento.

Sara continuó acercándose hasta que se detuvo frente a Eric, que le sostuvo la mirada.

—No te atrevas nunca a volver a dirigirme la palabra, cara de libro.

Sara acompañó sus palabras de un fuerte empujón, que hizo que Eric trastabillase hacia atrás.

En ese instante sucedieron varias cosas a la vez: Un coche giró en la esquina acercándose a toda velocidad hacia nuestra posición.

El conductor, uno de los estudiantes del último año del instituto, estaba distraído saludando a unos amigos que había en la acera de enfrente.

La chica que se había separado del grupo le puso una zancadilla a Eric, que todavía no había logrado equilibrarse tras el empujón de Sara.

Aquella zancadilla logró su objetivo: Eric continuó trastabillando hasta el centro de la calzada, de espaldas al coche que se acercaba.

En apenas unos segundos, la única persona que había sido amable conmigo iba a ser atropellada... Y viendo la velocidad a la que avanzaba el automóvil, era difícil que saliese vivo.

16

No había tiempo para pensar, sólo podía actuar.

Corrí hacia Eric a toda la velocidad que daban mis piernas y me lancé sobre él.

Volamos un par de metros. No sabía si los suficientes, así que me encogí sobre mi nuevo amigo esperando el impacto del coche de un momento a otro.

No hubo impacto.

El chirrido de los frenos del automóvil hizo que levantase la cabeza. Miré a Eric. Parecía que se le iban a salir los ojos de las órbitas, pero, por lo demás, estaba bien.

Ambos lo estábamos.

El coche había frenado unos metros después de sobrepasarnos. El conductor salió corriendo y vino a disculparse y a preguntarnos si nos encontrábamos bien.

Eric y yo vimos cómo el grupo de chicas se alejaba entre risas. Por lo visto, casi ser las causantes de la muerte de un compañero del instituto les daba igual, incluso les parecía algo divertido.

El conductor nos ayudó a levantarnos y nos ofreció llevarnos al hospital. Le tranquilizamos: estábamos bien, no nos habíamos hecho daño ninguno de los dos.

Al final conseguimos que se marchase.

Volví a mirar al grupo que se alejaba. Sentía la furia crecer en mi interior, pero no quería dejar a Eric solo, seguía muy asustado. Ya las cogería otro día, pero esto no se iba a quedar así.

Entonces me di cuenta de que una de ellas seguía en el mismo sitio. Mirándonos con sus grandes ojos azules. Era la chica contra la que había chocado hacía apenas un par de minutos. Su largo cabello, moreno y ondulado, se agitaba con la brisa y contrastaba con su pálida piel. Comenzó a acercarse a nosotros.

—¿Estáis bien? Siento mucho lo sucedido —se disculpó.

—Estamos bien, pero tus amigas no lo van a estar tanto cuando se entere el director Phillips —comenté en tono agrio.

—Ésas ya no son mis amigas, ya estoy harta de ellas. —Se plantó frente a mí con la mano extendida—. Soy Esme.

Esme tenía carácter, eso no se podía negar. Había decidido que aquellas chicas ya no eran sus amigas en algo menos de un minuto. A mí me pareció un poco demasiado rápido. O bien estaba intentando jugárnosla por algún motivo que se me escapaba o, eso, era muy valiente y le daba igual todo.

La miré a los ojos intentando averiguar si nos mentía, me devolvió la mirada sin titubear, su mano todavía extendida. Pasado un instante de sostenernos la mirada en silencio, decidí que no pasaba nada por darle una oportunidad a aquella chica.

—Yo soy Amanda, y él se llama Eric —contesté estrechándole la mano.

—Lo sé. Eres nueva, pero a estas alturas ya todos sabemos tu nombre... Además, estamos en la misma clase de matemáticas. —Esme hizo una pausa—. De verdad que siento mucho todo esto. Han ido demasiado lejos. —Echó un vistazo a su reloj—. Tengo que irme, el lunes os veo.

—Hasta el lunes —contesté.

—Por cierto —añadió Esme alejándose—, a mí me encantan tus zapatillas.

Eric y yo nos quedamos mirando cómo se marchaba. Cuando la perdimos de vista me volví hacia mi amigo.

—¿Estás bien de verdad? ¿Quieres que te acompañe al médico?

—No, no te preocupes, gracias a ti ha sido sólo el susto. —Eric me sonrió—. Me has salvado la vida. Gracias... Pero ¿cómo lo has hecho? La última vez que te vi estabas bastante lejos de mí.

—No lo sé —reconocí en apenas un susurro—. Últimamente hago cosas que antes no podía hacer.

Eric y yo echamos a andar. Hacía rato que el autobús escolar se había marchado, así que nos tocaba coger el tranvía. No habíamos recorrido ni cien metros cuando un coche negro y muy lujoso se detuvo frente a nosotros. La ventanilla del conductor descendió despacio y me encontré a Benson al otro lado del cristal.

—Buenas tardes, señorita Black —dijo—. Suba, la llevaré a casa. —Miré a Eric sin saber muy bien qué decir—. Su amigo puede venir también, tal vez necesite su ayuda esta tarde.

—¿Quieres venir a casa, Eric? —pregunté con una sonrisa de oreja a oreja. Estaba segura de que mi nuevo amigo aceptaría la invitación.

—Por supuesto —contestó entusiasmado.

Nos acomodamos ambos en el asiento trasero del automóvil y Benson nos condujo hacia lo que sería el inicio de una gran amistad.

O tal vez no.

17

—**M**ira esto —dije señalando el papel en el que había copiado la pista que había encontrado la noche anterior—. No sé qué significa.

Eric y yo nos encontrábamos en mi habitación.

He de reconocer que al principio había sentido un poco de vergüenza ante la perspectiva de enseñarle a Eric dónde vivía. Sí, la mansión por fuera podía ser imponente, pero el interior era otra historia... Sin embargo, mi tía y Benson habían hecho grandes progresos durante el día: habían limpiado varias habitaciones y ahora lucían en casi todo su esplendor. Vale que hacía falta una buena capa de pintura por toda la casa, pero éste era un buen comienzo.

Me sentí un poco mal por todo el trabajo que habían hecho Benson y la tía Paula y me prometí ayudarles durante el fin de semana.

La tía, aprovechando un momento en el que Eric estaba distraído, me animó a compartir la pista con mi amigo, lo que quería decir que podía pedir ayuda. Y en eso estaba.

Le había puesto al corriente de todo lo que me había sucedido en los dos últimos días: mi anterior apartamento, la precaria situación económica que teníamos, la carta misteriosa, la herencia de la mansión y que todo esto de la pista formaba parte de un entrenamiento, pero desconocía para qué me estaban entrenando. Él me escuchó con paciencia, haciendo preguntas cuando no entendía algo y animándome a continuar cuando yo me trababa en algún punto. No tardé mucho en contárselo todo. Desde el primer instante aquel chico delgado y pecoso me había parecido alguien de confianza y, en aquel momento, yo necesitaba un amigo más que nada en el mundo.

Eric deslizó los ojos sobre el papel que le tendía. Lo sujetó con las manos. Lo giró. Lo devolvió a su posición original. Se rascó la cabeza sin separar la mirada del papel.

—¿Esto qué es? —preguntó al fin, señalando el extraño símbolo que parecía un triángulo encima de un cuadrado.

—No tengo ni idea —contesté encogiéndome de hombros.

El chico continuó mirando aquel dibujo unos segundos más, cuando, de repente, sus ojos se abrieron como platos y en sus labios se dibujó una sonrisa. Casi pude ver una bombilla encendiéndose sobre su cabeza.

Había dado con algo.

18

—**C**reo que lo tengo —dijo Eric—. Este dibujo parece una casa. Muy esquemática, pero una casa.

Le quité el papel y lo miré de nuevo.

—Entonces... —comencé.

—Entonces, tienes que ir al desván. Mira —me interrumpió nervioso recuperando la pista—, esto sería el tejado y esto, el resto. —Deslizó el dedo sobre el dibujo—. Su final es tu principio. Está claro. Lo último que se hace de una casa es su tejado.

—La siguiente pista está en el desván —murmuré pensativa. Después miré a mi amigo con una enorme sonrisa—. ¡¡¡Eres un genio!!!

Por supuesto, lo siguiente que hicimos fue dirigirnos al desván después de coger un par de linternas, por si se nos acababa la batería de los móviles. Nos costó un rato encontrar las escaleras que subían hasta el último piso y otro rato más dar con la puerta que llevaba al desván.

—Tiene que ser ésta —dije—. Ya no quedan más. Las hemos probado todas.

—Haz los honores, ésta es tu búsqueda.

La puerta se abrió con un desagradable chirrido que provocó que un escalofrío me recorriese la columna. La luz del pasillo iluminó el inicio de una estrecha escalera. Tendríamos que ir en fila india. Comencé a subir los peldaños con Eric pegado a mis talones. Gruesas telarañas colgaban del techo. Yo las apartaba de un manotazo, pero eso no impidió que algunas se me pegasen a la cara. Y yo, además de la lluvia, odio las arañas. Un bicho con tantas patas no puede tramar nada bueno. Cuando llegamos arriba, me quité las telarañas que se me habían quedado pegadas frotándome la manga de la sudadera contra las mejillas y la frente.

Intenté romper la oscuridad con el haz de la linterna del móvil. Sólo conseguí iluminar el espacio que se encontraba a un par de metros de nosotros. Motas brillantes flotaban en la luz dándole a la escena un aspecto bastante irreal y tenebroso. Demasiado tenebroso para mi gusto.

Me dirigí a una de las ventanas y descorrí las gruesas cortinas, lo que permitió que unos tenues rayos de sol pasasen a través de los mugrientos cristales. No era mucho mejor, pero, por lo menos, algo veíamos.

—Buf, qué fuerte es todo esto. Aquí hay mucho donde buscar —comentó Eric rascándose de nuevo la cabeza y mirando alrededor. Me di cuenta de que era un gesto que hacía cada vez que algo requería utilizar el cerebro—. ¿No decía nada más en esa pista?

—No, tendré que ponerme a ello ya mismo —me quejé.

—Tendremos —sonrió Eric—. Voy a ayudarte en todo lo que necesites, recuerda que me has salvado la vida.

—Esto es demasiado, no creo que te apetezca mucho buscar algo que no sabemos qué es entre todo este polvo y telarañas.

—No tengo nada mejor que hacer —comentó Eric cruzando los brazos y apoyándose en una pared—, y tampoco tengo muchos más amigos.

Un clic sonó detrás del muchacho.

A continuación, cayó para atrás y desapareció de mi vista.

Me abalancé sobre la abertura del muro para encontrarme a mi amigo sentado en el suelo en total oscuridad. Parpadeó un par de veces cuando apunté mi linterna hacia él.

—¿Puedes quitarme esa luz de los ojos? —pidió riendo—. Desde que te conozco ya he terminado dos veces en el suelo, empiezo a pensar que es peligroso tenerte como amiga.

—Bueno, estás a tiempo de irte —dije intentando sonar digna; sin embargo, no quería que se marchase. Nunca había tenido un amigo y empezaba a acostumbrarme a aquel chaval pecoso y simpático.

—¿Estás loca? —preguntó levantándose y sacudiéndose el polvo del fondillo de los pantalones—. ¿Ahora que hemos encontrado un pasadizo secreto? Ni soñarlo, yo me quedo aquí hasta que descubramos lo que sea que hay que descubrir. Esto es lo más genial que me ha pasado nunca.

Le miré con expresión divertida. Me gustaba esto de tener un amigo. Empezaba a confiar en él, y eso que nos habíamos conocido aquella misma mañana, pero si es verdad eso de que hay personas con las que resulta muy fácil charlar o compartir cosas, entonces Eric era una de esas personas.

—En mi habitación también hay un pasadizo...
—comenté de manera distraída mientras dirigía la
linterna a la oscuridad del túnel—. ¿Crees que deberíamos seguirlo?

Eric puso los ojos en blanco.

—Lo que creo es que estamos tardando... Pero
antes deberíamos ir a tu habitación y coger un cua-
derno. Sería buena idea trazar un mapa con lo que
vayamos descubriendo.

«Trazar un mapa», aquellas palabras hicieron
que saltase algún tipo de resorte en mi memoria,
porque en mi cerebro se dibujó el recuerdo de la
noche anterior, mientras ojeaba a toda velocidad el
manual de mi nuevo reloj.

—Puede que tengamos una opción mejor —dije
con una media sonrisa.

19

¡Aquí está! ¡Página cincuenta y dos! —exclamé pasando las hojas del manual a toda velocidad—. Mapeo de zonas desconocidas.

Comencé a leer las instrucciones, pero enseguida desistí. Era como leer algo en un idioma extranjero. Le pasé el cuadernillo a Eric sin decir nada más. Él lo entendió a la primera.

—Vale, trae, deja que lo lea... Y dame el reloj.

—Me lo quité de la muñeca y se lo pasé. Él continuó leyendo—. Ajá, aquí está... Tengo que apretar esto y esto... —Siguió leyendo el manual con gesto de concentración y apretando botones en mi reloj—. Ahora hay que configurar esto... Y... esto otro. —Continuó así un par de minutos para después devolverme el reloj con una sonrisa de satisfacción—. Una vez hecho el mapa, tendrás que conectar el reloj al ordenador y descargarlo.

—¿Ya está? —Me sentó un poco mal que tardase tan poco tiempo en hacer algo que yo no había sabido hacer.

—No hay máquina que se me resista. Ya te he dicho antes que soy muy bueno con la tecnología. Y cuando digo muy bueno, quiero decir muy muy bueno.

—Vale, ya lo pillo, ¿vamos?

—Espera, deberíamos coger tizas o un rotulador... Y pilas para las linternas. Mi móvil está ya casi sin batería.

Nos hicimos con todo lo necesario, y nos dirigimos de nuevo al desván.

—Vale, ¿qué hago para que esto empiece a hacer el mapa? —pregunté a Eric antes de entrar en el pasadizo.

—Aprieta aquí y aquí. A la vez —dijo señalando dos botones.

Los pulsé. Encendimos las linternas de los móviles y nos adentramos en las entrañas de la Mansión Black.

20

El pasadizo era frío y olía a humedad. Del techo colgaban espesas telarañas que íbamos retirando con las manos. La oscuridad nos rodeaba. Intentábamos romperla con las linternas de nuestros móviles, pero no eran demasiado potentes, así que no alcanzábamos a ver qué había más adelante. Podría haber habido un monstruo terrorífico, que nosotros no lo hubiésemos visto hasta casi chocar con él, cuando fuese demasiado tarde para poder escapar.

A ambos lados del pasadizo había puertas que fuimos abriendo a medida que íbamos avanzando. Algunas daban a salas vacías, otras a estancias en las que se encontraban armaduras y armas de diferentes países y épocas, y algunas más contenían maquinaria de aspecto antiguo. En ningún caso averiguamos para qué servían aquellas máquinas polvorientas.

Cada vez que llegábamos a una bifurcación Eric hacía una marca con tiza a la entrada del túnel que escogíamos para continuar nuestra pequeña aventura. En una de esas bifurcaciones comenzamos a descender. Se trataba de una escalera de caracol que parecía no acabar nunca. Alumbramos con el haz de las linternas hacia abajo en un par de ocasiones; sin embargo, aquella espiral bajaba y bajaba sin que alcanzásemos a ver su final.

Por fin llegamos ante una puerta metálica, bastante moderna si la comparábamos con las que habíamos ido abriendo en la parte superior del pasadizo. Justo a tiempo, porque mi móvil decidió quedarse sin batería en aquel momento. Por supuesto, atravesamos aquella puerta.

Fuimos a parar a una pequeña habitación cuadrada, de apenas cuatro metros. Esta nueva habitación estaba iluminada por cuatro lámparas empotradas en el techo, por lo que Eric apagó también la linterna de su móvil. A nuestra espalda, la puerta de metal, y frente a nosotros, otra exactamente igual. A la derecha de esta segunda puerta se encontraba un panel con una pantalla y un teclado numérico debajo. La pantalla se iluminó al situarnos frente al panel. Dos palabras aparecieron en ella:

INTRODUZCA CONTRASEÑA.

Eric me miró y yo me acerqué al panel encogiéndome de hombros.

Marqué la fecha de cumpleaños de mi madre.

ERROR. LE QUEDAN DOS INTENTOS.

Lo intenté con la fecha de la boda de mis padres.

ERROR. LE QUEDA UN INTENTO.

Miré a Eric.

—No se me ocurre qué más puede ser —dije con voz temblorosa, una gota de sudor resbaló por mi frente y me la limpié con la manga de la sudadera—. Y si me equivoco, no sé qué puede pasar.

Mi amigo señaló hacia arriba. En la parte más alta de las paredes había unos respiraderos en los que yo no me había fijado antes.

—Eso no tiene buena pinta —comentó Eric asustado—. Si te equivocas otra vez, lo mismo salta alguna trampa... No sé, de ahí podría salir algún gas letal o agua... En cualquier caso, moriríamos ahogados.

—¿Y qué hacemos? ¿Vamos a volver con las manos vacías?

—O puedes pensar bien la siguiente contraseña... —sugirió Eric.

Medité unos instantes, pensando cuál podría ser la clave.

Comencé a teclear un número: la fecha de mi cumpleaños.

Pulsé ENTER.

Entonces sucedieron varias cosas al mismo tiempo.

Las luces del techo cambiaron a rojo y comenzaron a parpadear.

Empezó a sonar una alarma tan fuerte y molesta que provocó que nos tapásemos las orejas con las manos.

UAUAUAUAUAUAUAUAUAUAUAUAUAUAUAUAU AUAUAUAU.

Y los respiraderos cercanos al techo comenzaron a escupir un gas verdoso que descendía sobre nosotros a toda velocidad.

—TE LO DIJE —gritó Eric para hacerse oír por encima de la alarma—. CORRE A LA PUERTA.

Nos abalanzamos sobre la puerta por la que habíamos entrado y forcejeamos con la manilla.

No se abría.

—SE HA BLOQUEADO —grité—. ¿QUÉ HACEMOS?

Miramos a nuestro alrededor buscando otra salida, pero estábamos atrapados.

Si no conseguíamos salir pronto de allí, moriríamos asfixiados por aquel gas.

21

—¿Se puede saber a qué viene este jaleo? Tan rápido como había comenzado todo, acabó.

Las luces volvieron a emitir una luz amarillenta, la alarma cesó su machacante UAUAUAUAUAUAUA-UAUA y el gas fue aspirado a toda velocidad.

Eric y yo estábamos sentados en el centro de la sala, tapándonos las orejas, conteniendo la respiración.

Me levanté del suelo con la poca dignidad que me quedaba y me acerqué a Benson, que era quien había hecho la pregunta. Su figura se recortaba en el umbral de la puerta metálica que Eric y yo no habíamos podido abrir tras tres intentos.

—Oh, Benson, nos has salvado —exclamé corriendo a abrazarle—. Íbamos a morir aquí.

—¿De qué habla, señorita? —preguntó el mayordomo extrañado—. Nadie va a morir aquí. No hoy.

—Intentamos abrir la puerta —expliqué de manera atropellada—, pero nos equivocamos de contraseña tres veces y empezó a salir un gas del techo...

—Bueno, bueno, señorita Black, tranquilícese —dijo Benson con una sonrisa amable—. La contraseña es 1, 2, 3, 4, 5, 6... Sus padres no eran muy dados a contraseñas difíciles, no dentro de la casa, al menos. Y ese gas que salía del techo no era más que un limpiador para los virus.

—¿Y la alarma? —preguntó Eric.

—Es un timbre. El padre de la señorita Black tenía muy mala memoria, de ahí que la contraseña fuese tan sencilla, pero, aun así, se le olvidaba con frecuencia. La luz roja fue un capricho de su madre, por la risa.

—¿Y qué haces tú aquí, Benson? —pregunté yo a mi vez.

—Estaba adecentando esto, sabía que tarde o temprano daría usted con ello. La verdad es que usted ha sido el miembro de la familia Black que antes la ha encontrado... Y llevo muchos años sirviendo a la familia. —Benson se retiró de la puerta e hizo un gesto de invitación con la mano derecha—. Ahora, sean bienvenidos al «taller Black».

Eric y yo atravesamos, por fin, aquella enigmática puerta sin saber qué encontraríamos al otro lado. Me alegré de tenerlo junto a mí. No habría podido llegar hasta allí si no hubiese estado conmigo.

Nos encontrábamos en una estancia que a mí me pareció tan inmensa como la mansión entera. Un techo abovedado que se perdía en lo alto, sostenido por arcos que descendían hasta convertirse en gruesos pilares de ladrillo rojizo, se alzaba sobre un suelo de cemento prensado de color gris. En las paredes, varios expositores conservaban en su interior, sobre maniquíes sin cabeza, trajes de color negro. Los había de muchas formas, la mayoría para adultos, pero también unos pocos de mi talla. Algunos eran bonitos vestidos de noche; otros, elegantes trajes de chaqueta; otros, simples monos, y otros, formados por pantalones, botas y camisetas; sin embargo, todos tenían algo en común: la tela con la que estaban fabricados no se parecía a ninguna tela que hubiese visto antes.

En una zona de la enorme sala se acumulaban ordenadores y pantallas de gran tamaño en las que se podían ver distintas zonas de la casa y sus alrededores. Había más pantallas, en ellas se mostraban imágenes de sitios que yo no conocía.

Al fondo pude ver lo que parecía un aparcamiento en el que se encontraban varios coches y motocicletas para todos los gustos... Algunos deportivos, otros elegantes, un par de furgonetas. Y un poco más allá había también un helicóptero negro, un extraño avión de dos plazas y otra aeronave de mayor tamaño.

En un espacio un poco más retirado había un atril sobre el que reposaba un libro casi tan grande como yo misma.

—Supongo que tendréis muchas preguntas. —La voz salió de detrás de uno de los sillones giratorios situados frente a los ordenadores. El respaldo era tan alto que impedía ver a la persona que había hablado, pero reconocí la voz de la tía Paula—. Sin embargo, ahora, vamos a cenar. Por supuesto, iremos por un atajo. No vamos a recorrer todos esos pasadizos que os han traído hasta aquí. No entiendo el motivo para que hayáis elegido el camino más largo.

La tía Paula se levantó y se acercó a nosotros.

—Pero... Pero... —comencé.

—Ni pero ni nada —me interrumpió la tía Paula—. Es la hora de cenar... Eric, cariño, he llamado a tu casa y le he pedido permiso a tu madre para quedarte a dormir hoy, le he dicho que habías conocido a Amanda y que os llevabais muy bien. Se ha alegrado mucho de saber que has hecho una amiga en el instituto. Mañana, cuando digas, te acercaremos a tu casa, ¿te parece bien?

—Eeeeeh... Sí, claro... Perfecto, genial. —Eric se rascó la cabeza con gesto nervioso.

22

Llegamos al comedor de la Mansión Black a través de un ascensor situado en un rincón bastante escondido del taller. El ascensor contaba con tan sólo tres botones: el de más abajo estaba marcado con una letra, «T», justo encima había otro con dos letras, «PB», que supuse que significaba «planta baja», y el de más arriba, en el que se leía sólo una letra: «A».

—¿Había otra entrada al taller desde el ático? —pregunté.

—Sí, claro, pero preferisteis venir por el camino más largo —insistió la tía Paula encogiéndose de hombros.

Llegamos al comedor y nos sentamos los tres a la enorme mesa de caoba que Benson había preparado como para una cena de gala. Yo no terminaba de entender cómo había podido Benson preparar la mesa y estar en el taller, pero, durante los últimos días me había encontrado demasiadas cosas que no entendía, así que enterré esta nueva cuestión en un rincón de mi cerebro. De nuevo, para más adelante.

Durante la cena, la tía Paula se dedicó a acribillar a preguntas a Eric, quien las contestó entre titubeos y miradas fugaces en mi dirección. Quiso saber cuáles eran sus intereses y aficiones, y mi amigo no dudó ni un instante en afirmar que le encantaba todo lo relacionado con los ordenadores; de hecho, Eric, a su vez, hizo un par de preguntas sobre algunos de los modelos que habíamos visto en el taller demostrando que sabía de lo que hablaba. La tía Paula también le preguntó sobre su familia, a lo que Eric contestó que vivía con su madre, a la que adoraba y a quien intentaba hacer la vida lo más fácil posible. Pude ver en el gesto satisfecho de mi tía que Eric le gustaba tanto como a mí. Le había parecido un buen chico.

Cuando estábamos a punto de tomar los postres, la tía Paula, por fin, se dirigió a mí.

—¿Confías en él? —me preguntó.

—Sí... Creo que sí —titubeé. Era cierto que nos conocíamos desde hacía sólo unas horas, pero sentía que podía confiar en él. Era extraño, si alguien me hubiese dicho el día anterior que al día siguiente iba a confiar en alguien que no fuese mi tía, me habría reído en su cara, pero a carcajadas.

—Un creo no me sirve, niña. Volveré a preguntarte: ¿confías en él?

Miré a Eric, que me devolvió una mirada confusa. Me fijé en sus ojos claros y honestos. Le sonreí y me correspondió con una sonrisa que enseñaba todos sus dientes, y, entonces, lo tuve claro.

—Sí, tía, confío en él.

—En ese caso hablaré delante de él, porque creo que vas a necesitar su ayuda.

—¿Qué sucede, tía?

—Estamos a muy pocos días de perder la casa... —comenzó la tía Paula.

—¿Cómo? ¡Pero si acabamos de llegar! —interrumpí. Con el rabillo del ojo vi que Benson había entrado en el comedor y se había quedado junto a la puerta.

—Lo sé, Amanda, lo sé —continuó ella—. La cuestión es que el mantenimiento de la mansión es caro y debemos varios recibos... Si no pagamos en el plazo de una semana, el banco se quedará con la mansión. Hasta ahora había un fondo provisto por tus padres que ha servido para pagarlo todo, pero ese fondo se acabó hace un par de meses... Y el banco no espera.

—¿Y Benson? ¿Cómo podemos pagar a Benson? —dije señalando al mayordomo—. Porque le estamos pagando, ¿no?

—Oh, por mí no se preocupe, señorita, yo voy cobrando por aquí y por allá —intervino el mayordomo acercándose a la mesa y tomando asiento con nosotros.

—Amanda, Benson es de la familia. Lleva muchos años con los Black y es difícil que nos deje. Por Benson no te preocupes —dijo la tía.

—¿Y qué podemos hacer? ¿Cómo puedo ayudar?

—Me negaba a perder aquella mansión. Era mi herencia.

—A eso quería yo llegar —dijo la tía Paula—. La solución a este problema está dentro de la casa. En el taller, para ser exactos, pero Benson y yo, aunque lo hemos intentado, no hemos podido dar con ella.

—¿Qué quieres decir con que está dentro del taller? —pregunté entornando los ojos. Eric asistía a la conversación como si fuese un partido de tenis, mirando a unos y a otros de manera alternativa y sin abrir la boca—. ¿Y por qué necesitamos a Eric?

—En el taller hay una cámara acorazada, tus padres la llamaban la Galería de los Secretos. En ella se guarda toda la fortuna de los Black, entre otras cosas; sin embargo, Benson y yo no hemos podido encontrar la llave. Tal vez Eric y tú tengáis más suerte.

—¿Y qué podemos hacer? —pregunté.

La tía Paula dio un sonoro suspiro, preparándose para lo que iba a decir a continuación.

—Antes de huir, tus padres lo dejaron todo preparado; es parte de tu formación: encontrar esa llave, abrir la cámara acorazada y salvar la mansión. Todo forma parte de tu entrenamiento. —La tía Paula hizo una pausa para fijar sus ojos en mí, después negó un par de veces con la cabeza y volvió a suspirar—. He intentado evitarte todo esto, creo que eres muy joven y me resisto a que te pongas en peligro, pero es lo que querían tus padres, es tu herencia, quién eres y forma parte de ti. Cariño, estamos a tiempo, puedes renunciar a tu legado, y continuaremos con nuestra vida como antes... Si seguimos adelante no sé si podré mantenerte a salvo.

Me levanté de la silla y me acerqué a la tía Paula; cuando estuve junto a ella, la abracé.

—No quiero volver a vivir como antes, no quiero que tengas que preocuparte por pagar las facturas nunca más. Haré lo que tenga que hacer... Y encontrar una llave para abrir una cámara tampoco me parece tan peligroso —zanjé plantándole un beso en la mejilla.

—Además, yo la ayudaré —intervino Eric.

La tía Paula asintió en silencio.

—Debes leer el libro que hay en el taller, Amanda —continuó la tía Paula—, en él descubrirás no sólo quién eres, sino toda la información sobre la llave que abre la Galería de los Secretos. Una vez que conozcas tus orígenes, tendrás que decidir si se lo cuentas a Eric o no. —Hizo una pausa—. Eric, si sigues adelante una vez conozcas la verdad sobre Amanda, tienes que saber que será muy peligroso también para ti. Debes decidirlo por ti mismo, promételo.

—Lo prometo —contestó Eric tras meditarlo unos instantes—. No se preocupe, prometo que lo pensaré y decidiré por mí mismo, pero quiero ayudar a Amanda. No voy a dejarla sola en esto.

—Está bien... Supongo que estaréis deseando comenzar, los jóvenes sois así de impetuosos —aceptó la tía Paula—. Benson os ayudará con la traducción de algunas partes del libro. Si le necesitáis, llamadle y acudirá. Pero, antes, vamos a terminar de cenar, no podéis enfrentaros a ese libro con el estómago vacío.

Finalizamos la cena charlando de cosas sin importancia; sin embargo, no pude dejar de notar que las risas de la tía Paula sonaban forzadas y de vez en cuando nos miraba con algo parecido a la tristeza en su mirada.

Estaba claro que sabía más de lo que nos podía contar, pero yo estaba decidida a salvar la mansión aun a riesgo de mi propia vida. Sólo esperaba que Eric no corriese peligro.

No sabía lo equivocada que estaba.

23

Me acerqué al atril despacio, esperando que saltase alguna trampa que me dejase muerta allí mismo, antes siquiera de comenzar la lectura.

No ocurrió nada.

Acaricié la portada y recorrí con mis dedos las letras que formaban el título, eran como un tajo negro sobre el suave marrón del cuero gastado.

LA FAMILIA BLACK DESDE SUS
REMOTOS ORÍGENES:
UNA HISTORIA FAMILIAR

Bajo las letras había un extraño símbolo que recordaba a una pluma.

Necesité que Eric me ayudase a abrir el libro, era muy pesado y casi tan alto como nosotros. Pasamos las páginas iniciales hasta llegar al primer capítulo, que nos dispusimos a leer.

No entendimos nada. Aquella página estaba llena de unos garabatos incomprensibles para nosotros.

—¡Ben...! —exclamé.

—Aquí estoy, señorita. —Benson apareció de la nada antes de que yo terminase de llamarle. En sus manos portaba lo que parecía ser un libro de tamaño normal—. Me he permitido hacer una traducción de los primeros capítulos para que no tengan problemas con la lectura —dijo tendiéndomelo.

—Oh, muchas gracias, Benson. —Fue todo lo que pude decir. No le había visto llegar.

Miré la portada de la traducción que Benson había hecho, y cuando levanté los ojos del libro, el mayordomo ya había desaparecido.

—¿Has visto dónde ha ido? —le pregunté a Eric.

—No, estaba leyendo, pero ha desaparecido como un fantasma... Creo.

—Empiezo a pensar que hay algo raro con Benson, pero, bueno, esto nos ayudará —concluí con una sonrisa de oreja a oreja dando unas palmaditas sobre el libro que nos había dado el mayordomo—. Vamos a sentarnos, que estaremos más cómodos.

Nos dirigimos a una mesa cercana a la zona de ordenadores, nos acomodamos en dos de las sillas que la rodeaban y comenzamos a leer.

—Buf, esto es demasiado... No sé ni por dónde empezar —dije exhausta.

Llevábamos un buen rato leyendo. La tía Paula vino a ver cómo estábamos a eso de las doce de la noche y nos recordó que debíamos descansar, y Benson se acercó poco después a traernos unos vasos de leche y unas deliciosas galletas caseras con chips de chocolate.

El libro narraba la historia de la familia Black, mi familia, que se remontaba al Antiguo Egipto. Al parecer éramos los líderes de un culto secreto que adoraba a la diosa Maat, símbolo de la verdad, la justicia y la armonía cósmica. El culto se dedicaba a robar objetos que podrían ser peligrosos para la humanidad y sacarlos de la circulación; de este modo, se mantenía el equilibrio entre las fuerzas del mal y las fuerzas del bien. Ocultábamos esos objetos y artefactos en lo que ahora llamábamos la Galería de los Secretos y que, en sus inicios, había sido «la galería», sin más. Su ubicación había cambiado a lo largo de la historia; cuando la familia Black dejaba un país, se llevaba toda la colección y la ocultaba en su nuevo lugar de residencia, hasta llegar a la actual Mansión Black en la que mi familia había habitado durante los últimos doscientos años.

También con el paso de los años lo que había comenzado como un culto a una diosa del Antiguo Egipto había derivado en una organización conformada por una sola familia, los Black, y algunos aliados. El resto de las familias del culto había ido desapareciendo a lo largo de la historia de la humanidad y sólo quedábamos nosotros.

Resumiendo: éramos una familia de ladrones.

Vale que robábamos sólo objetos que podrían ser peligrosos, pero no dejábamos de ser ladrones. O mejor dicho: yo era una ladrona. La tía Paula no había tenido hijos, y su hermana tuvo a mi madre; al fallecer mi abuela y mi madre, la cosa se reducía a la tía Paula y a mí.

Y la tía Paula ya estaba mayor para robar cosas, o al menos eso decía ella, aunque yo no me lo creía mucho después de verla durante mis entrenamientos. Total, que si quitábamos a la tía Paula, yo era la última.

La traducción de Benson también decía que los miembros de la familia Black estaban dotados de agilidad, fuerza, inteligencia y habilidad por encima de lo normal y que estos dones se manifestaban a partir de los trece años de edad. Es decir, que los cambios que yo había estado experimentando desde hacía unos días, se debían a mi pertenencia a la familia Black.

Además, estos dones debían usarse para una finalidad concreta. En ningún caso podía utilizarlos para hacer el mal o esos poderes se volverían contra mí. Era una especie de maldición. Maat había otorgado ese poder a los miembros de su culto, pero aquellos que los utilizaron en su propio beneficio murieron con gran sufrimiento.

Más me valía ser precavida.

Eric y yo estábamos agotados, pero todavía no habíamos averiguado nada sobre la llave que abriría la Galería de los Secretos y nos permitiría salvar la Mansión Black.

Se nos cerraban los ojos, así que tendríamos que continuar leyendo al día siguiente.

Y se nos acababa el tiempo.

24

Desayunamos con la tía Paula, que no preguntó nada sobre los descubrimientos que habíamos hecho el día anterior. Eric pidió permiso a mi tía para quedarse el fin de semana entero para ayudarme; la tía accedió, pero le obligó a llamar a su madre para decírselo. La tía Paula también habló con la madre de Eric y la invitó a tomar el té aquella misma tarde en la mansión. Ya que nosotros pasábamos tanto tiempo juntos, era bueno que ellas dos se conociesen.

A continuación, nos dirigimos de nuevo al taller para seguir con la lectura, pero no sin antes prometerle a la tía Paula que tomaríamos el té con ellas.

Hasta que no estuvimos de nuevo frente al libro, no me atreví a preguntarle a Eric lo que quería preguntarle.

Mi amigo estiró el brazo para abrir de nuevo el libro.

—No, espera, Eric. —Puse mi mano sobre su brazo para impedirle que lo abriese—. Es que... Bueno, ahora ya sabes lo que soy y...

—¿Y qué? —contestó mi amigo confuso.

—¿Cómo que «y qué»? Eric, soy una ladrona, ¿estás seguro de que quieres seguir adelante con esto?

—Esto es muy fuerte... Vamos a ver, aquí dice —golpeó con el dedo índice la cubierta del libro— que sólo robáis cosas que pueden ser peligrosas para la humanidad. No veo el problema... Además, de momento nadie ha dicho nada de robar nada, sólo queremos encontrar la llave de tu cámara acorazada. ¡Es tuya! No vamos a robar nada.

—Puede que tengas razón... En fin, continuemos.

Eric asintió y abrió el libro por la página en la que lo habíamos dejado la noche anterior.

Observé a mi amigo mientras lo hacía, cada vez confiaba más en él. No creo que muchos hubiesen estado dispuestos a ayudarme después de saber que era una ladrona y que tenía algo así como superpoderes, pero a este chico le daba igual todo eso, le importaba yo, le importaba su amiga. Y yo nunca le había importado a nadie más que a mi tía.

Nos llevó todavía cerca de tres horas obtener la primera pista. Estaba claro que rápidos, lo que se dice rápidos, no éramos.

—¡Aquí está! ¡Aquí! ¡Mira, Amanda! —Eric golpeaba una línea a mitad de la página—. ¡Mira! ¡Qué fuerte! ¡Lo tenemos!

—¿Qué pone? —pregunté.

—A ver... —Eric leyó durante unos segundos—. Mmm... Mmm... Vale, pone que es la llave de diamante la que abre la galería en la que se guardarán los artefactos, también dice que es una llave imposible de duplicar... Y Benson ha incluido un dibujo.

Eric me pasó el libro y leí la información que contenía. El dibujo era muy detallado, la llave parecía hecha de cristal y la cabeza tenía forma de pluma, similar a la de la portada del libro cuya traducción estábamos leyendo.

—¿Y cómo la encontramos? —Le devolví el libro a Eric.

—¿Puedo utilizar los ordenadores?

—Claro, se supone que todo esto está aquí para ayudarnos en nuestra búsqueda.

Eric se levantó de la mesa para dirigirse a uno de los ordenadores y lo encendió. La pantalla se inició de inmediato.

—Nunca había visto un ordenador tan veloz —murmuró para sí sentándose en el sillón que había frente a la pantalla—. Veamos de lo que eres capaz, amiguito.

Eric abrió un buscador y tecleó en el recuadro para las búsquedas: «llave de diamante»

Cientos de resultados aparecieron en apenas un segundo. Hizo clic sobre el primero de ellos. Se trataba de un artículo de hacía algunos años que informaba de la exposición de varias piezas de la colección privada de Irma Dagon, accionista principal de Dagon Corp; entre las piezas expuestas se encontraba la llave de diamante.

—No va a ser tan difícil encontrarla, por lo visto la llave fue expuesta hace algunos años en el Museo de Historia de la ciudad.

—Pero ¿cómo ha llegado la llave a manos de esta tal Irma Dagon? —pregunté mientras me acercaba a leer el artículo por encima del hombro de Eric.

—Eso no lo dice aquí. —Mi amigo se encogió de hombros y regresó a la pantalla principal para abrir el siguiente enlace.

Todas las noticias que vimos eran réplicas, casi exactas, del primer artículo que habíamos leído. Seguimos avanzando artículo tras artículo y poco a poco fuimos siguiéndole la pista a la llave de diamante: durante los siguientes años la colección privada de la señora Irma Dagon había sido expuesta en diferentes países de los cinco continentes... Hasta el martes, que sería devuelta a las oficinas centrales de Dagon Corp., que estaban situadas en nuestra ciudad.

—Pues al final sí tendremos que robar algo. Ahora entiendo que la tía Paula y Benson no pudiesen encontrar la llave —comenté.

—Eso parece, espera un segundo. —Eric continuó leyendo el último enlace que había abierto—. Va a haber una fiesta en el edificio de Dagon Corp. para celebrar el regreso de la colección. —Giró la silla para situarse frente a mí—. Tendremos que colarnos en esa fiesta.

—Tendré —dije.

—No, tendremos —insistió él—. Si esa tal Irma Dagon tiene en su poder una llave que tendría que haber estado en esta casa, sólo puede significar que la robó, por lo que, técnicamente, no estaríamos robando, estaríamos recuperando algo que te pertenece legalmente. Así que tendremos que colarnos en esa fiesta y coger la llave, de lo contrario, ve despidiéndote de esta mansión tan genial.

Visto así, Eric tenía razón.

Ahora sólo nos faltaba averiguar cómo colarnos en la dichosa fiesta.

25

El lunes siguiente apenas nos enteramos de nada de lo que se dijo en clase, tanto Eric como yo continuábamos intentando averiguar cómo colarnos en la fiesta de la Torre Dagon Corp. Lo único que nos quedó claro de las clases es que el miércoles tendríamos un examen de sociales y teníamos poco tiempo para prepararlo, en fin, tal vez éste sería el primer suspenso de mi corta carrera estudiantil, pero había cosas más importantes que hacer... No quería ni pensar en cómo se iba a poner la tía Paula si suspendía, pero le di una patada al problema mandándoselo a mi yo del futuro. Que lo solucionase ella, yo ya tenía bastante con lo que tenía.

A la hora del almuerzo seguíamos pensando sobre cómo infiltrarnos en aquella fiesta sin que nadie se diese cuenta.

—Podemos intentar colarnos disfrazados de adultos —propuso Eric.

—No creo que eso cuele, se ve a la legua que no somos adultos... —descarté.

—Tal vez podríamos disfrazarnos de camareros, seguro que nos dejarían entrar por la puerta de empleados con muchos menos controles.

—Esa idea la apunto. No es un auténtico desastre —le concedí. Esme se acercaba a nuestra mesa por detrás de Eric, varios estudiantes la saludaron a su paso y ella devolvió los saludos con una sonrisa enorme. Aquella chica era todo un misterio para mí. Estaba claro que era popular y, aun así, quería hablar con dos perdedores como nosotros. Lo dicho, un misterio. Esme estaba ya casi en nuestra mesa, así que necesitábamos cambiar de tema—. Ahora cambiemos de tema, Esme se está acercando.

—Hola, chicos —saludó Esme—. ¿Qué tal el finde?

—Bien, estudiando —contesté sin dar más detalles.

—Bien, bien. ¿Y tú? —murmuró Eric poniéndose rojo. Yo lo miré y me eché a reír, estaba claro que a Eric le gustaba Esme un poquito más de lo normal. El precio que pagué por mis risas fue una patada en la espinilla que me dio Eric por debajo de la mesa. Lo pagué con gusto.

—¿Yo? ¿De verdad queréis saberlo? —La sonrisa de Esme se ensanchó iluminando su rostro—. Bueno... No he salido de casa. Ya no me hablo con Sara y estas, no me gusta lo que os hicieron el viernes... Y tampoco tengo muchos más amigos.

—Oye, si estás sola, puedes venir con nosotros —sugirió Eric.

Se dio cuenta un segundo demasiado tarde de que había sido un bocazas, de hecho, se dio cuenta cuando le devolví la patada también por debajo de la mesa. No podíamos aceptarla en nuestro pequeño grupo cuando estábamos ocupados intentando planear el robo de la llave de diamante.

—Sería genial —se apresuró a decir Esme—. La verdad es que os buscaba porque quería invitaros a una fiesta.

Eso sí consiguió llamar mi atención. Quería invitarnos a una fiesta.

—¿A una fiesta? —pregunté.

—Sí, a una fiesta... Aunque no será muy divertida. Mi padre trabaja en Dagon Corp. y mañana hacen una presentación de no sé qué. Todos los empleados deben acudir y llevar a su familia, también nos permiten llevar un par de invitados y mi padre me ha dicho que los elija yo, así no me aburriré.

Lancé una mirada rápida a Eric, que hizo un leve asentimiento con la cabeza.

—Estaremos encantados de ir contigo —dije—. Muchas gracias por tu invitación.

—Ah, es una fiesta de gala, si no tenéis qué poneros, me lo decís —ofreció Esme.

—Bueno, yo tengo un traje que me compró mi madre para ir a la boda de mi tía —explicó Eric.

Yo pensé en mi armario y su escasez de ropa elegante; a continuación, recordé el taller y los maniquíes con todo tipo de trajes.

—Yo creo que algo tengo también, no te preocupes —zanjé con seguridad, aunque lo cierto es que no tenía ni idea de si habría algo de mi talla entre aquel desfile de modelos que guardaba el taller.

—¡Tía Paula! —llamé a gritos en cuanto entré en casa—. ¡Tía Paula! ¡Benson!

Benson, por no variar, apareció de la nada a mi derecha.

—¿Llamaba la señorita?

—Sí, Benson, tengo un problema. Necesito un vestido de gala para mañana por la tarde... Eric y yo vamos a robar la llave de diamante.

—Por supuesto, señorita, acompáñeme. —Echó a andar hacia el ascensor que llevaba al taller. La reacción de Benson me dejó un poco sorprendida, había actuado con la misma emoción ante mi anuncio que ante una pregunta sobre el tiempo que hacía: ninguna. No le había dado ninguna importancia—. Y tendremos que revisar su plan para el robo, comprobaremos que no hayan dejado nada al azar —añadió volviéndose hacia mí.

—Sí, claro, Benson, lo que tú digas. Es nuestro primer plan de robo, seguramente habremos dejado al azar demasiadas cosas.

Bajamos al taller y nos dirigimos a la pared de los expositores. Yo no me había fijado, pero en un lateral había un cuadro de mandos, el mayordomo tecleó un par de comandos y sobre mi cabeza comenzó a aparecer una galería... Y otra... Y otra... Varios pisos de expositores con vestidos, trajes de caballero, trajes de submarinismo, ropa de escalada, monos de esquiar. Todo lo que la mente pudiese imaginar, esas galerías lo contenían. A ellas se accedía por una escalera que, como las galerías ocultas, surgió de la pared.

—Sígame, señorita Black —pidió Benson.

—Mira, Benson, si conseguimos lo que me propongo, vamos a pasar mucho tiempo juntos —comencé—. Así que ¿por qué no empiezas a llamarme Amanda? Lo de señorita se me hace muy raro.

—Como quiera, señorit... Amanda —accedió Benson con una sonrisa—, pero tiene que saber que a mí esto también se me va a hacer raro.

—Bueno, creo que los dos nos acostumbraremos.

Llegamos a la tercera galería y Benson me guio hasta uno de los expositores; en su interior estaba el vestido más bonito que había visto nunca. ¡Y parecía de mi talla!

—Muy bien, Amanda, ¿qué tal éste? —preguntó el mayordomo abriendo el expositor.

—Es precioso —dije acariciando la tela—. Es el vestido más bonito que he visto nunca... Y la tela esta, ¿qué es? He visto que todos los trajes que hay están hechos con esta misma tela.

—Oh, señorit..., perdón, Amanda, esta tela es uno de los secretos de la familia Black, uno de sus mayores logros. ¿Lleva su reloj?

—Sí, pero todavía no he tenido tiempo de leer las instrucciones...

—Tendré que darle un curso acelerado... Y mañana a Eric, también, por si acaso.

Lo que no dijo Benson fue que no saber manejar bien mi reloj podría costarme la vida.

Pasé la tarde con el mayordomo en el taller. Primero me probé el vestido —en la galería había hasta un probador—; era negro con un escote cuadrado que sólo dejaba ver el cuello y los brazos al aire, y una falda con vuelo bajaba hasta las rodillas. Me miré en un espejo y apenas pude reconocerme sin mi vieja sudadera y mis zapatillas raídas.

—Si quiere, su tía puede hacerle un bonito peinado mañana —sugirió Benson—. Un recogido será lo más cómodo para lo que tiene que hacer.

—Eso sería genial, muchas gracias, Benson —dije volviéndome hacia él y dándole un abrazo—, el vestido es precioso, pero mi plan incluye escalar por un edificio acristalado, así que necesitaré también algo más cómodo.

—No, Amanda, todo lo que necesita, lo lleva encima. —Benson abrió un pequeño cajón que había en la parte de atrás del expositor, de él sacó un bolso negro mediano y unos pendientes con un brillante pequeño en cada uno—. Estos pendientes son un equipo de comunicación y este bolso es más

grande de lo que parece, todo lo demás está en el vestido.

Durante el resto de la tarde, Benson estuvo explicándome el funcionamiento del reloj; tenía que marcar una combinación de números y botones y el vestido se convertía en un mono de escalada. Además, llevaba varios dispositivos de seguridad que se implementarían con un comando de voz; no debía quitarme los pendientes por nada del mundo, o estos sistemas de seguridad serían totalmente inútiles. Los zapatos que iban con el vestido, que parecían unas sencillas bailarinas, en realidad eran unos pies de gato aptos para trepar, pues se pegaban a cualquier superficie lisa. Y el bolso era lo mejor de todo, en su interior llevaría los guantes especiales de escalada y una moderna ganzúa que me permitiría abrir cualquier cerradura. Después de sacar los guantes y la ganzúa, el bolso se desmontaba apretando un resorte escondido y se transformaba en un sistema de cuerdas con el que podría descender del edificio haciendo rápel, una vez que hubiésemos completado la misión.

Benson también me enseñó a utilizar la ganzúa, aunque iba casi sola. Yo sólo necesitaba escanear la cerradura.

—Con el tiempo, aprenderá a utilizar una normal, a un buen ladrón debería bastarle hasta con una horquilla para abrir cualquier puerta o candado.

—¿Y cómo aprendo de hoy a mañana a escalar? —pregunté preocupada.

—No necesita aprender a escalar, ¿le recuerdo el día que nos conocimos? Usted trepó por balcones y fachadas como si de una araña se tratase.

—¿Entonces eras tú, Benson? ¿Eras tú el mensajero? ¡Lo sabía!

—Por supuesto que era yo, ¿quién, si no, iba a entregarle su herencia? Sus padres sólo pudieron confiar en mí para hacerlo. Durante todos estos años he estado pendiente de usted y de su tía.

—Vaya, no tenía ni idea.

—Ha sido siempre mi deber cuidar de la familia Black y seguiré haciéndolo mientras la familia siga existiendo. —Y sin añadir nada más a esto, Benson cambió de tema—. Su amigo Eric tendrá que venir mañana después del colegio —dijo—. Porque no me equivoco al pensar que está decidido a seguir adelante, ¿no?

—No, no te equivocas, Benson —contesté mientras me quitaba los pendientes.

—Él también necesitará un traje y tendré que enseñarle cómo manejar el sistema de comunicación en el que recibirá los datos que envíen los drones.

—¿Los drones?

—Por supuesto, Amanda, no podemos dejar nada al azar. —Intenté preguntarle sobre los drones, pero continuó hablando antes de que yo pudiese intervenir—. Y ahora, he de dejarla, el deber me llama y he de hacer la cena, de lo contrario, la señora Paula se enfadará con nosotros, y no queremos que eso suceda, ¿verdad?

—No, claro, ni en broma. —La verdad es que la tía Paula daba mucho miedo enfadada.

—A las siete y media se servirá la cena en el comedor, hasta entonces, le sugiero que siga estudiando el funcionamiento del equipo, mañana le espera un gran día. Si consigue esa llave, esta casa y todo lo que hay en ella se salvará; si no la consigue...

Dejó la frase en el aire, pero mi cerebro no pudo evitar terminarla.

Si no conseguía esa llave, no sólo perderíamos la casa, tarde o temprano nuestro secreto sería descubierto, porque la tía Paula y yo no teníamos forma de llevarnos todo el equipo que escondía el taller.

26

Después de haber cenado con su madre, Eric fregaba los cacharros. Siempre lo hacía, intentaba ahorrarle todo el trabajo que podía. Ella trabajaba demasiadas horas.

Estaba nervioso por lo que tendrían que hacer al día siguiente, pero no se planteaba dejar a su amiga tirada. Todavía no se creía lo mucho que había cambiado su vida en sólo unos días: de ser un pringado con el que todos se metían en el instituto —aunque eso no había cambiado mucho— a vivir una aventura increíble ayudando a una ladrona que, además, era su amiga.

«¡Qué fuerte! ¡Qué fuerte todo!», pensó Eric por decimonovena vez con una sonrisa de oreja a oreja. Aquello era lo más emocionante que le había pasado nunca.

Por primera vez desde el jardín de infancia llamaba a alguien amigo. Y no se engañaba cuando pensaba en cómo había ido creciendo ese vínculo entre ellos. Primero se había acercado a la chica porque sentía curiosidad; después, cuando había visto los recursos que tenían los Black en su «taller», había pensado que, tal vez, si conseguía acercarse lo suficiente a Amanda, ella podría ayudarle a dar con su padre. Habían estado muy unidos, le encantaba cuando su padre le explicaba cosas de ordenadores, algo que hacía muy a menudo. Le había contado que, hacía muchos años, había rozado la ilegalidad con su trabajo, hasta que aquella agencia gubernamental le había contactado y le habían ofrecido trabajar para ellos. Eric no tenía ni idea de en qué consistía su trabajo; sin embargo, su padre siempre había tenido tiempo para pasarlo con él y con su madre. Podían estar horas jugando a la pelota en el jardín trasero. Y adoraba las tardes de fin de semana, cuando la familia al completo veía una película en el salón de su casa comiendo palomitas. Echaba mucho de menos todo aquello. Echaba mucho de menos a su padre.

Pero ahora, apenas unos días después de haber conocido a la nueva alumna, ya no le importaba si Amanda podría ayudarle o no a encontrar a su padre. Ahora le preocupaba que Amanda estuviese bien. Lo que iban a hacer era muy peligroso, estaba claro que si Irma Dagon tenía aquella llave era porque antes la había robado. O había enviado a alguien a la Mansión Black a robarla. Daba igual, el resultado era el mismo: sus rivales eran peligrosos.

Por otro lado, no quería que su nueva amiga lo perdiese todo. Poco a poco había ido contándole su historia y sabía que antes de heredar la mansión había vivido en un apartamento en el que apenas cabían ella y su tía, que no llegaban a fin de mes y que Amanda hacía los deberes en un conducto de ventilación... Entre otras cosas. No quería que tuviese que volver a aquello.

Eric no podía estarse quieto. Necesitaba hacer algo, de lo contrario su cerebro se dedicaría a dar vueltas sobre lo que iban a hacer al día siguiente y eso le pondría todavía más nervioso de lo que ya estaba. Decidió escribir a Amanda por WhatsAapp.

¿Cómo llevas el examen?

Regu. La verdad es que no he tenido tiempo de estudiar mucho ☹ ¿Y tú? ¿Estás seguro de querer seguir adelante?

Eric dudó unos instantes antes de continuar.

Sí, claro que sí. Si te dejo sola podrías cagarla :P

**¡Ja, ja, ja! Tú procura no distraerte mañana con Esme ;)
¡Y hasta mañana!**

Ninguno de los dos sabía todo lo que iba a pasar al día siguiente; de haberlo sabido, puede que se lo hubiesen pensado dos veces.

27

Las cosas seguían su curso en el instituto. Al ir con Eric yo había pasado a formar parte oficialmente del grupo de los pringados y empollones. Nada que me pillase por sorpresa.

El giro inesperado iba a ser que suspendiese el examen de sociales del día siguiente, a ver en qué grupo me clasificaban entonces.

A la hora de la comida aproveché para estudiar un poco los temas que entraban en el examen. No quería decepcionar a ésos que me llamaban empollona y rara por los pasillos.

No, en realidad estaba muerta de miedo, si suspendía mi primer examen en el nuevo instituto mi tía me prohibiría lo de seguir siendo una ladrona, que, quieras que no, tenía su chispa.

Después de las clases, Eric vino a casa para preparar los últimos flecos de nuestro plan y vestirse. Cuando llegamos a la mansión, Benson ya tenía un traje listo para él, además de todo el equipo que necesitaría, que se limitaba a un pequeño dispositivo plano y transparente en el que Benson había cargado los planos de la Torre Dagon, y en el que Eric recibiría la información que enviasen los drones que manejaría el mayordomo desde una furgoneta aparcada a un par de calles de donde se celebraba la recepción. El dispositivo iba acompañado de un mando con el que Eric manejaría el único dron que necesitaba controlar él, uno de los que me seguiría a mí. Mi amigo estaba bastante seguro de poder cumplir con su parte de la misión, al fin y al cabo, se trataba de manejar tecnología y ése era su campo. Le ponía algo más nervioso el tema de nuestros planes B. Con ésos estaba algo menos confiado, pero creía que sería capaz de hacer lo que fuese necesario hacer.

Benson le dio también unas gafas que a simple vista parecían normales, pero con las que podría hablar conmigo y escucharme, y le explicó qué tenía que hacer si algo no salía según lo previsto. Teníamos plan B para todo, sólo esperábamos no tener que utilizarlos.

O eso creíamos nosotros, que teníamos plan B para todo. Luego resultó no ser así, pero no nos adelantemos.

Mientras ellos estuvieron en el taller, yo me dediqué a continuar estudiando para el examen del día siguiente.

Cuando todo estuvo listo, el mayordomo nos llevó en el coche hasta la entrada del edificio Dagon, donde habíamos quedado con Esme y sus padres. Eric y yo casi temblábamos de lo nerviosos que estábamos. Era mi primer golpe. Y, casi con total seguridad, el último si las cosas no salían bien.

—¡Aquí estáis! —exclamó nuestra amiga cuando nos vio salir del coche.

Eric volvió a ponerse rojo al verla, pero esta vez yo estaba demasiado preocupada por lo que pasaría si algo salía mal como para reírme.

Benson se despidió con una sonrisa ladeada y deseándonos suerte en nuestra misión. Se llevaría el coche a la Mansión Black y volvería con la furgoneta.

Esme nos presentó a sus padres y nos dirigimos a la entrada del edificio, donde dos hombres y una mujer se dedicaban a buscar el nombre de los invitados en una lista y se aseguraban de que nadie fuese armado... Nadie aparte de ellos, porque bajo sus elegantes chaquetas negras pude ver el bulto de lo que supuse que eran armas.

Y no me equivocaba, uno de ellos hizo un movimiento que abrió su americana y me permitió confirmar mis sospechas: aquellos vigilantes iban armados.

—Tendremos que extremar las precauciones —susurré en el oído de Eric—. Esta gente va armada. Ten mucho cuidado.

Si bien la fiesta era para celebrar el regreso de la llave de diamante a su hogar, los invitados no verían la pieza auténtica en ningún caso. En el centro de la sala donde se celebraba aquella recepción, lo que relucía sobre un cojín de terciopelo cubierto por una urna de cristal de seguridad era una réplica. ¿Que cómo lo sabíamos? La tía Paula también había hecho su parte del trabajo, si bien ella afirmaba que ya no contaba con la agilidad necesaria para participar en los robos —en serio, esa mujer era toda una atleta, a mí no me engañaba—, continuaba siendo una magnífica espía. Averiguaba todo lo que había que averiguar sin despeinarse; por lo visto tenía contactos en todas partes, cosa que nos iba a ser más que útil en esta situación.

La llave auténtica reposaba en la última planta, en una caja de seguridad en el despacho de la mismísima Irma Dagon.

Había llegado el momento.

Me escabullí de la fiesta sin que el personal de seguridad de Dagon lo notase y me dirigí a uno de los pisos superiores, donde estaban las oficinas de la empresa.

El reloj se me resistió un poco. Me maldije de nuevo por no leerme las instrucciones, pero por fin conseguí que el precioso vestido de fiesta se transformase en el mono de escalada, y el bolso, en las cuerdas que utilizaría para el descenso.

Salí por una de las ventanas y comencé a trepar hasta el piso ciento ochenta de la torre. Esta era la parte más difícil, el equipo de rápel podría utilizarlo para descender, pero no para subir.

Comencé a trepar agarrándome a las finas rendijas que había entre placa de cristal y placa de cristal, me iba a llevar un buen rato llegar hasta el último piso.

Continué ascendiendo planta tras planta del enorme edificio. Miré por encima de mi hombro y vi uno de nuestros drones flotando a unos metros sobre mi cabeza. Verlo me recordó que tanto Eric como Benson estaban ahí, guardándome las espaldas, y eso hizo que me olvidase un poco del miedo que sentía. Saber que ellos me protegerían me dio la confianza que con cada metro que había ascendido se me había ido quedando por el camino.

—Eric, ¿me copias?

Pasaron unos instantes hasta que me llegó la voz de Eric.

—Te copio. Perdona que haya tardado tanto en contestarte, pero Esme estaba hablando conmigo, he tenido que decir que tenía que ir al baño. Dime qué necesitas.

—¿Puedes decirme si hay gente en los pisos superiores? Temo que me vean mientras escalo y den la voz de alarma.

De nuevo una pausa mientras Eric comprobaba la información que recibía de los drones controlados por Benson.

—Hay tres vigilantes en la última planta, pero no están en la misma sala que la caja fuerte donde se guarda la llave. En los cuatro pisos anteriores hay también vigilantes. No sé si no deberíamos dejarlo, Amanda.

—No, sabes que no puedo. Teníamos esto previsto, no podemos dejarlo ahora.

Un nuevo silencio al otro lado de la línea.

—¿Estás segura? —preguntó Eric.

—Pues claro que no estoy segura, pero no me queda más remedio.

—Vale, pongo nuestro plan B en marcha.

Primer imprevisto de la noche, así que había que poner en marcha el primer plan B.

Y no era sencillo.

Benson nos había informado de que existía la posibilidad de que nuestros intercomunicadores fallasen, llevaban mucho tiempo sin ser utilizados y no le había dado tiempo a calibrar el alcance; si eso ocurría, Eric tendría que ascender algunos pisos para poder continuar guiándome una vez que yo llegase a los pisos superiores.

Mis brazos y mis piernas comenzaban a cansarse, pero no podía soltarme o moriría aplastada como una cucaracha sobre el asfalto que se extendía a mis pies. Muy por debajo de mis pies. Tenía que entrenar mucho más, la vida de ladrona estaba resultando ser bastante dura. Y éste, para ser mi primer trabajo, tampoco era el trabajo más fácil del mundo... Y no podía olvidarme del examen del día siguiente, tendría que quedarme toda la noche estudiando. Ya tendría tiempo de celebraciones más adelante. La lista de cosas que estaba dejando para más adelante no paraba de crecer y crecer.

En ese momento mi pie izquierdo resbaló y estuve a punto de caer al vacío. Una gota de sudor descendió desde el nacimiento de mi cabello por todo el lateral de mi rostro, pero no podía limpiármela hasta afianzarme de nuevo en aquella lisa superficie.

Luché por encontrar un apoyó, pero la otra pierna estaba sujetando todo mi peso y la sentía temblar.

Estaba a punto de desfallecer.

Iba a caer sin remedio.

Eric regresó a la fiesta tras la conversación con Amanda, necesitaba encontrar la forma de salir de allí y subir hasta el piso cincuenta, pero todas las salidas estaban bloqueadas por aquellos guardias con cara de perro. De perro armado, para más señas.

Vagabundeó entre la gente escuchando las conversaciones de los adultos.

—Los canapés son deliciosos —dijo una señora junto a él.

—Y el champán es de una calidad excelente —contestó la persona que la acompañaba.

Siguió vagando, esperando el momento en el que uno de aquellos vigilantes tuviese que ir al baño, pero nada.

—No sé si subir a la oficina, se me ha olvidado comprobar unos datos y ya que estoy aquí... —comentó un invitado a su espalda.

Se trataba de un hombre alto y con barba, debía de tener unos cincuenta años, o eso le pareció a Eric debido a las canas que salpicaban su cabello por las sienes; el hombre vestía de manera elegante, si bien le sobraban algunos kilos en la zona de la barriga, donde la tela de la camisa se veía tirante.

—Ya lo harás mañana. No creo que ahora los ascensores funcionen. Esto está muy vigilado.

Eric siguió al hombre de la barba, escondiéndose entre los asistentes a la fiesta, y así llegó hasta la zona de ascensores. Se ocultó tras una planta mientras aquel oficinista buscaba algo en sus bolsillos. Eric no le quitaba el ojo de encima.

Por fin, el hombre encontró lo que buscaba, que no era otra cosa que su cartera. De ella extrajo una tarjeta y la pasó frente al lector que había junto a los ascensores. El ding que anunciaba la apertura de puertas le indicó a Eric que aquellos ascensores estaban en perfecto funcionamiento.

Antes de que pudiese entrar, apareció un vigilante. A Eric le recordó a los protagonistas de la película de los hombres de negro. Nada destacaba en su físico, era igual que cualquiera de los otros guardias que habían podido ver dando vueltas por la fiesta. Parecía el doble de ancho que el señor de la barba, pero Eric habría apostado toda su paga a que la diferencia no se debía a la grasa, sino más bien a los músculos que se adivinaban bajo la ajustada chaqueta oscura.

—¿Adónde va? —preguntó el guardia con malos modos.

—Soy empleado de la empresa —contestó el hombre entre titubeos, mientras daba un paso adelante—, necesito ir a mi puesto a hacer unas gestiones.

—Tendrá que hacerlo mañana, caballero, hoy está prohibido acceder a las plantas superiores —zanjó el vigilante en un tono algo más amable.

El trabajador dio un puntapié a la pared y regresó a la fiesta, cabizbajo.

A Eric el corazón le latía a dos mil por hora. En sólo diez minutos había conseguido toda la información que necesitaba. Ahora faltaba encontrar una de esas tarjetas... Y sabía dónde buscarla.

Era arriesgado, pero no tenía otra opción si pretendían seguir adelante con el robo de la llave de diamante.

28

Ya no me quedaba fuerza en los brazos para sostenerme y no conseguía afianzar el pie en ningún sitio. Los dedos me resbalaban de la rendija a la que estaban agarrados. La mirada se me desviaba al suelo una y otra vez, anticipando el momento en el que daría con mis huesos sobre el asfalto que podía ver a tantos metros por debajo de mí. De repente, algo dio la vuelta a la situación.

El pie que se me había soltado logró apoyarse en una superficie plana y algo comenzó a golpearme con suavidad el otro pie. Bajé la cabeza intentando averiguar qué o quién me estaba ayudando a aquella altura, aunque, si tenía en cuenta que acababa de salvarme la vida, poco me importaba que fuese el bicho más repugnante que nadie pudiese imaginar, yo estaba dispuesta a abrazarlo y cubrirlo de besos. Enseguida reconocí uno de los drones manejados por Benson. Debía de haberme visto en las imágenes que le enviaban los robots voladores y había decidido actuar. Por lo visto, él también tenía una lista de planes B que no había compartido con nosotros. Y no me malinterpretes, no podía alegrarme más. Caer desde esa distancia no tenía que resultar agradable.

Apoyé los pies en los robots voladores que me había enviado Benson, afiancé las manos en las rendijas y busqué apoyos para los pies. Cuando me hube recuperado continué subiendo, cada vez más cerca de los pisos en los que necesitaría que Eric me guiase; si él no conseguía llegar por lo menos al piso cincuenta, de nada serviría todo esto.

—Eric, ¿me copias? Estoy llegando, necesito que me guíes.

Esperé la respuesta de mi amigo, pero todo lo que pude oír entre interferencias fue algo así como:

—...a ...o... Am...

—¿Eric? ¿Eric?

Pero ya no obtuve respuesta.

Se había cortado la comunicación.

—A ti te estaba yo buscando —dijo una voz femenina junto al oído del chico—. ¿Puede saberse dónde os habíais metido? ¿Y dónde está Amanda?

Eric no pudo evitar dar un brinco del susto. Hasta ese momento no se había fijado en lo guapa que iba su amiga y no pudo evitar volver a sonrojarse. Lucía espectacular con su vestido morado de tirantes y su melena morena peinada en ondas. Pero necesitaba centrarse en lo que se traía entre manos.

—¡Esme! De hecho, YO te estaba buscando a ti, necesito tu ayuda. —Cogió a la muchacha del brazo y la arrastró al rincón más alejado de la sala—. Necesito que me consigas algo.

—¿Qué ocurre, Eric? Me estás asustando. ¿Dónde está Amanda?

—Escucha, y escúchame bien porque no tengo mucho tiempo, no estoy bromeando...

Eric dudó unos instantes, sintió como su frente se perlaba con gotitas de sudor, Esme esperaba frente a él, con un gesto de curiosidad en su rostro. El chico se rascó la cabeza, nervioso, intentando averiguar si la decisión que había tomado era la correcta o tendría que arrepentirse de ella, pero no le quedaba más remedio que contarle todo a Esme. Era su última esperanza de alcanzar el piso cincuenta a tiempo.

—¿Y cómo puedo creerte? ¿Cómo sé que no me estás tomando el pelo? —preguntó Esme después de que Eric le hiciese un breve resumen de todo lo que había sucedido hasta entonces. El chico tecleó algunos comandos en el dispositivo que le había dado Benson y se lo pasó a ella.

Sus ojos se abrieron como si no viese bien lo que aparecía en la pantalla y sus labios formaron una «O» perfecta.

—Se va a matar. Tenemos que hacer algo. ¿Qué necesitas?

Eric había conectado el dispositivo a los drones y estaban recibiendo imágenes en directo de Amanda trepando por el edificio.

—La llave del ascensor de tu padre, eso es lo que necesito.

—Sin problema, yo te la consigo —afirmó Esme guiñándole un ojo mientras una sonrisa sesgada se formaba en sus labios—. Espérame en la puerta que da a los ascensores.

—Después necesitaré que entretengas... Ahora no, Amanda. —Eric tecleó algo en el dispositivo y continuó hablando con Esme—. Necesitaré que entretengas al vigilante para que yo pueda colarme dentro.

—Está hecho —dijo alejándose de Eric—. ¡Vuelvo en un minuto!

El muchacho se dirigió a la puerta que le había indicado Esme. Mientras esperaba a su amiga, intentó hablar con Amanda.

—Amanda... ¿Estás ahí? —susurró para que nadie pudiera oírlo.

Sólo la estática respondió.

Esme regresó antes de lo que esperaba Eric enseñándole con disimulo la tarjeta. Un gesto de satisfacción se dibujaba en su rostro. Había conseguido aquel pequeño cuadrado de plástico en apenas un par de minutos.

—Vamos, tienes un ascensor que coger —dijo pasando junto a él y dándole la tarjeta—. Sígueme y escóndete por donde puedas, yo entretendré al vigilante mientras tú te cuelas en el ascensor.

La chica pasó frente a los ascensores y se dirigió al vigilante con paso lento pero seguro. El hombre se levantó e intentó enviarla de regreso a la fiesta, pero Esme no le permitió abrir la boca. Hablaba sin parar, apenas paraba para tomar aire. Eric no lo sabía, pero Esme había utilizado ese truco en más de una ocasión, para ser exactos, cada vez que necesitaba distraer a alguien. El chico se arrastró lo más rápido que pudo hasta el lector, por el que pasó la tarjeta; ahora llegaba lo peor. Miró hacia donde estaba su amiga y vio que había conseguido poner al vigilante de espaldas a donde él se encontraba. En ese momento sus ojos coincidieron, si bien Esme centró su atención en el vigilante enseguida.

El ding de la puerta al abrirse se vio disimulado por una sonora explosión de tos por parte de su amiga.

Eric entró y pulsó el botón del piso cincuenta.

Las puertas comenzaron a cerrarse a un ritmo que al chico se le hizo demasiado lento.

Una serie de ruidosos estornudos de Esme se coló por la rendija que quedaba abierta.

Parecía que no se iban a cerrar nunca.

Al segundo siguiente, Eric ascendía ya hacia el piso cincuenta de la Torre Dagon.

El trayecto fue breve, aquel ascensor era lo más veloz que había visto nunca Eric en cuestión de ascensores. Se escondió bajo una mesa cercana a una ventana que estaba abierta, abrió el dispositivo y en su pantalla situó a su amiga. Un poco por encima de su cabeza había varios puntos rojos. Eran los vigilantes que tendría que esquivar Amanda en su escalada y no podría hacerlo sin su ayuda.

—Amanda, estoy aquí. Te tengo localizada. Vamos a ello.

29

Por fin Eric daba señales de vida.

—Te escucho. ¿Por dónde voy? —contesté aliviada.

—Tienes que ir a tu izquierda unos diez metros, después sigue subiendo hasta que te diga que pares. Eric me fue guiando, y yo obedecí las instrucciones de mi amigo sin dudar. Nos llevó un buen rato esquivar a todos los vigilantes, pero, por fin, alcancé el último piso y me colé en la enorme terraza que daba al despacho de Irma Dagon.

—Vale, ya estoy aquí...

—¡Escóndete! ¡Deprisa! —interrumpió Eric. Su voz traslucía la urgencia de la situación—. Se acerca por el pasillo uno de los guardias. Doblará la esquina en breve y te verá de frente por la cristalera.

Miré a mi alrededor intentando encontrar algo tras lo que esconderme, pero no había demasiadas opciones. Aquella terraza no contaba con mucho mobiliario, y el que había no servía para esconder a nadie porque era transparente

—¡Por favor! —farfullé enfadada—. ¿Qué tipo de persona tiene muebles transparentes?

Sentí que el corazón se me iba a salir del pecho de lo rápido que me latía. Necesitaba tranquilizarme si quería salir bien de todo eso. Tenía que pensar con frialdad y ver todas las opciones disponibles, sólo así lograría mi objetivo y, lo que era más importante, seguiría viva para contarlo...

—Las jardineras, Amanda. ¡Las jardineras! —Me llegó la voz de Eric.

También podía esperar a que Eric me solucionase la papeleta.

De un salto me planté delante de unas jardineras con flores que estaban frente al ventanal por el que se acercaba el vigilante y me encogí todo lo que pude. Levanté los ojos y vi al hombre, sus ojos se perdían en la lejanía. Si aquel tipo miraba hacia abajo me vería. Cerré los ojos con fuerza preparándome para lo peor.

—Está bien, Amanda, ya se marcha —dijo la voz de Eric—. Tienes que darte prisa en entrar en el despacho de la señora Dagon. Ese tío podría regresar en cualquier momento.

Me levanté del suelo de un salto y me acerqué a la puerta que daba al despacho. Saqué la ganzúa de uno de mis bolsillos y escaneé la cerradura. Era eléctrica, no sabía si la ganzúa que me había proporcionado Benson serviría para aquel tipo de puertas.

Un leve clic me indicó que así era.

Penetré en la estancia sin hacer ni un solo ruido y esperé unos instantes a que mis ojos se acostumbrasen a la oscuridad.

La tía Paula me había dicho que la caja de seguridad estaba encastrada en una pared detrás de la mesa del despacho. Me acerqué a la mesa, me senté en la silla de Irma Dagon y palpé bajo su mesa.

¡Ahí estaba! ¡Un botón al alcance de su mano derecha!

Había investigado a la mujer por mi cuenta. Por los vídeos que había visto de ella en internet, sabía que era diestra; y me había fijado en que, durante sus discursos, no gastaba palabras a lo loco, no daba vueltas cuando hablaba, iba siempre al grano diciendo lo que quería decir. También demostraba una gran economía de movimientos, si podía llegar a un lugar dando dos pasos en lugar de tres, daría sólo esos dos pasos. Además, tenía un perro, un galgo afgano, que se llamaba Stephen, nombre que le debía al escritor Stephen King, uno de sus autores favoritos. Cuando era adolescente, su padre le regaló su primer galgo afgano. Pocos días después, sus padres murieron en un accidente de tráfico. Aquel perro fue su único amigo durante muchos años, cuando murió, lo sustituyó por Stephen, que tenía ya diez años. Aquel primer perro se llamaba Peter.

Lo de los perros no me iba a ser de mayor utilidad, pero todo lo demás me había ayudado a pensar como ella, a ponerme en su lugar. Y eso era la mar de útil cuando tenías que encontrar botones ocultos en el despacho de Irma Dagon.

Pulsé el botón y me di la vuelta.

Primero un cuadro se alzó descubriendo un panel metálico y, a continuación, este panel metálico se deslizó hacia la derecha permitiéndome ver la pequeña caja de seguridad en la que se guardaba la llave de diamante.

Mi llave.

En dos zancadas me acerqué a la caja y pasé la ganzúa por el lector que había en su lisa superficie.

No hubo clic.

Pasé mi ganzúa de nuevo.

Nada.

Sólo por precaución, volví a intentarlo.

Vale, estaba claro que no iba a pasar nada.

No me podía creer que éste fuese el fin.

Miré el lector, cuyo teclado digital esperaba paciente a que alguien introdujese una clave. También estaba claro que ese alguien no iba a ser yo, porque no tenía ni idea de la clave... A no ser... Una idea se iluminó en mi cerebro, era peligroso porque si fallaba tres veces, saltarían todas las alarmas, pero tenía que intentarlo.

Volví a ponerme en el lugar de Irma Dagon.

De acuerdo, soy una mujer, adulta, millonaria desde que nací, no tengo familia y sólo un par de amigos íntimos. Trabajo unas diez horas al día y el resto del tiempo lo paso en casa, sola... Bueno, sola no, con mi perro. Todos los años celebro una gran fiesta por mi cumpleaños con mis empleados, a los que trato todo lo mejor que puedo porque son la única familia que tengo. Me gusta leer y viajo mucho a los destinos más exóticos... ¿Qué clave le pondría a mi caja fuerte?

Nadie conocía la edad de Irma Dagon, pero mi tía había averiguado su fecha de nacimiento, así que tecleé esa fecha y apreté ENTER.

ERROR. LE QUEDAN DOS INTENTOS.

Empezaba a estar bastante harta de tener que marcar claves de seguridad en pantallas. La última vez no había pasado nada, pero, en esta ocasión, el resultado no iba a ser nada agradable.

Pensé antes de volver a teclear. Me alejé unos pasos de la caja de seguridad, necesitaba algo de perspectiva en todo esto. Me acerqué a la estantería llena de libros que había a la izquierda de la mesa y al pasar junto a ésta, una fotografía llamó mi atención, en ella una bonita joven rubia abrazaba a un perro bastante mejor peinado que yo. Y bastante más elegante que yo, ya que nos ponemos.

No podía ser tan fácil.

Era imposible que fuese tan fácil... Aunque bien pensado, nadie más que la señora Dagon entraba en aquel despacho, ¿por qué iba a poner una clave mucho más difícil? ¿Para tener que apuntarla en algún sitio? No, mejor poner una que pudiese recordar con facilidad...

Tecleé «STEPHEN» y pulsé ENTER.

ERROR. LE QUEDA UN INTENTO.

Inspiré aire por la nariz hasta llenar mis pulmones y a continuación lo exhalé lentamente, intentando tranquilizarme.

No sirvió de mucho, la verdad.

Sólo me quedaba un intento. Un intento. No podía fallar de nuevo.

Acerqué mi dedo índice enguantado a aquel lector, despacio, deseando que aquella fuese la clave correcta.

Pulsé la P.

Después la E.

A continuación, la T.

Dudé unos instantes, si salía mal sería el fin.

Apreté de nuevo la E.

Con suavidad, pulsé mi dedo sobre la R.

«PETER».

Y finalmente, le di al ENTER.

La caja se abrió.

Allí estaba la llave de diamante.

La sujeté entre las manos unos breves instantes y, a continuación, la guardé. Una corriente de energía me recorrió el cuerpo. Podría haberme echado a reír de felicidad allí mismo de no ser por lo de los guardias armados al otro lado del pasillo. Ese pensamiento me recordó algo: tenía que salir de allí cuanto antes.

El descenso sería mucho más fácil ya que contaba con la cuerda.

—Eric, ya la tengo. Sal de ahí. Yo bajaré haciendo rápel y volveré a colarme en la fiesta sin levantar sospechas.

—De acuerdo, deja que miré qué tienes por debajo. —Guardó silencio unos instantes—. Está despejado. Adelante.

Aseguré la cuerda y comencé a descender todo lo rápido que podía.

Unos segundos después, miré hacia arriba al oír un zumbido, el dron que manejaba Eric se me acercaba a toda velocidad. Se paró a unos metros sobre mi cabeza. Detuve el descenso, no entendía qué estaba sucediendo.

De uno de los laterales del dron surgió una cuchilla que cortó la cuerda que me sostenía.

No tuve tiempo de sujetarme a los cristales.

Comencé a caer en picado.

Pensé en todas las posibilidades y sólo una tenía sentido.

Eric me había traicionado.

30

—Sabemos que estás ahí —dijo una voz a unos metros de él—. Sal con las manos en alto, estás rodeado. —El chico dio un respingo. No entendía cómo le habían encontrado. La voz continuó, pero no le hablaba a él—. El sujeto uno está rodeado, ya es nuestro. ¿Tenéis localizado al escalador?

—Sí, le estamos esperando en la planta setenta —dijo una voz metálica. El tipo que le había atrapado hablaba con sus compañeros a través de un walkie-talkie.

Eric no sabía qué hacer, para esta situación no tenían plan B, necesitaba improvisar. Lo primero era proteger a Amanda.

Y sólo había una forma de hacerlo.

Tecleó un comando en el dispositivo. No quedaba más remedio.

Había que cortar la cuerda antes de que su amiga llegase a la planta setenta.

A continuación, escondió el equipo en el bolsillo de su traje y salió de su escondite con las manos en alto. La brisa que entraba por la ventana le despeinó el flequillo y le hizo cosquillas en la frente.

—Está bien, está bien, no hace falta que me apunte con el arma, no tengo a donde ir —dijo Eric acercándose al hombre que, al ver que no era más que un adolescente, dejó de apuntarle con la pistola.

Eric dio dos pasos más y se detuvo. Lanzó una mirada rápida a su espalda, todavía dubitativo.

Con una sacudida de la cabeza, tomó una decisión. Sólo esperaba que aquel matón no le disparase.

—Continúe acercándose, por favor. No le haremos daño —ordenó el hombre.

Eric lo miró todavía con las manos en alto.

E hizo la mayor locura de su vida.

Echó a correr hacia la ventana bajo la que se había mantenido oculto y saltó por ella.

Descendía a toda velocidad, incapaz de sujetarme a nada en aquella lisa superficie del edificio, de mis labios comenzó a salir la orden para que se activasen los sistemas de seguridad, cuando, unos metros más abajo, otra figura salió por una ventana.

¡Era Eric!

Se iba a matar.

Interrumpí la orden a medias, braceé en el aire y me puse cabeza abajo para acelerar mi caída.

Tenía que alcanzarle, no podía permitir que se estampase contra el suelo, todavía me debía una explicación.

Mi maniobra dio resultado, porque comencé a acortar distancia con mi amigo.

Por fin, le atrapé.

—¡SUJÉTATE A MÍ! ¡TENGO QUE SOLTARTE! —grité para que me oyese. Eric se agarró a mí con brazos y piernas. Sólo entonces pude dar la orden de seguridad—. ¡¡¡TRAJE AÉREO!!!

Cuando noté que mis brazos se cubrían con la tela y ésta se ajustaba en las muñecas, supe que el proceso había terminado, ahora sólo esperaba que aquello soportase el peso de dos personas.

Extendí los brazos y bajo la manga surgieron las alas del traje aéreo.

Nuestra caída frenó, pero no lo suficiente, íbamos a tener un aterrizaje complicado.

Empezó a llover. ¿Os he dicho ya que odio la lluvia?

Planeamos unos cincuenta metros esquivando bloques de oficinas y de pisos, no veía dónde aterrizar. Si chocábamos contra uno de aquellos edificios, moriríamos en la caída. Nuestras opciones se reducían a morir por el choque o a morir por la caída... Ninguna de las dos me terminó de convencer.

Por fin, ante nosotros, apareció un parque.

Había demasiados árboles y estábamos empapados por la lluvia, lo cual tampoco ayudaba mucho, pero mejor eso que lo que dejábamos atrás.

—¡PREPÁRATE! ¡VAMOS A ATERRIZAR! —Nada más decirlo, noté cómo Eric apretaba todavía más su abrazo. Casi no me permitía respirar—. ¡NO VA A SER AGRADABLE!

No, no iba a ser agradable. Ni el aterrizaje ni las explicaciones que me iba a tener que dar Eric; sólo esperaba que tuviese una buena excusa para haberme traicionado de aquella manera.

Al fondo de mi cerebro apareció el pensamiento de que, tal vez, tendría que haberle dejado morir. Al fin y al cabo, él solito había saltado por aquella ventana. Enseguida deseché la idea.

Primero prefería escuchar lo que tuviese que decir.

Aterrizamos en un revoltijo de piernas y brazos. O mejor dicho, chocamos contra un árbol, que frenó nuestro descenso. Rebotamos de rama en rama hasta dar con nuestros huesos en el césped que rodeaba el árbol.

Eric se puso de pie antes que yo y me tendió una mano.

—¿Estás bien? —preguntó.

Di un manotazo a la mano que me tendía, no quería su ayuda, estaba muy enfadada con él.

—¿Se puede saber por qué has cortado la cuerda? ¿Y por qué has saltado por la ventana? —grité hecha una furia—. ¡Casi nos matamos! —Eric dio un paso atrás, asustado—. ¿Qué? ¿No tienes nada que decir? ¿POR QUÉ ME HAS TRAICIONADO? SI ES QUE SOY IDIOTA, NUNCA DEBERÍA HABER CONFIADO EN TI. ¡NI EN NADIE!

La incomprensión se extendió por el rostro pecoso de Eric, que se acercó a mí despacio.

—Amanda, no te he traicionado... —comenzó a decir.

—¡Me da igual lo que digas! ¡No quiero escucharte! —le interrumpí—. Mejor me largo de aquí, la policía tiene que estar a punto de llegar.

Se oían sirenas a lo lejos.

Me di la vuelta y eché a correr por el parque en dirección a donde se encontraba aparcada la furgoneta de Benson.

Dejé a Eric atrás, y con él, nuestra amistad. La primera que había tenido nunca, pero mi vida era ahora demasiado complicada. No podía tener cerca a nadie en quien no confiase al cien por cien.

Estaba sola en todo esto.

31

Cuando llegué a la furgoneta de Benson estaba casi sin respiración.

Abrí la puerta del copiloto de un tirón y subí al asiento.

—Arranca, Benson, tengo la llave —dije tragándome el nudo que atenazaba mi garganta.

—¿Y su amigo Eric? —preguntó el mayordomo—. ¿Se encuentra bien? Vi con los drones cómo saltaba por la ventana cuando lo atraparon.

Miré a Benson con los ojos muy abiertos.

—Repite eso, Benson —pedí en voz muy baja.

—Su amigo estaba rodeado y saltó por la ventana —repitió el mayordomo—. Tuvo que cortar su cuerda, había personal de Dagon en los ventanales del piso setenta, parecían estar esperándola. ¿Dónde está? No podemos dejarle aquí.

—Enseguida vuelvo, Benson —dije abriendo la puerta de la furgoneta y bajándome de un salto. En el diccionario junto a la palabra «imbécil» tendría que aparecer mi fotografía. Al menos así me sentía. Era una mezcla de vergüenza y arrepentimiento. Y me lo había buscado yo solita, por apresurarme en hacer juicios.

—¿Qué ocurre, señorita?

—Nada, Benson, no ocurre nada, sólo que soy idiota.

Eché a correr de nuevo en dirección al parque. Corría a toda la velocidad a la que mis piernas eran capaces, que a esas alturas de la noche, ya no era mucha.

En serio, tenía que ponerme a entrenar.

No hizo falta que llegase al parque, a lo lejos distinguí una figura alta y delgada, caminaba arrastrando los pies y con los hombros encogidos bajo la lluvia.

Di un último acelerón. Por fin le alcancé.

—¡Eric! ¡Eric! —llamé casi sin respiración. Me ardían los pulmones—. ¡Eric, espera!

Mi amigo se detuvo, pero no se dio la vuelta.

Apoyé mi mano en su hombro. Él permaneció de espaldas a mí.

—Eric, lo siento —dije—. Soy imbécil. Benson me ha dicho que tuviste que saltar para que no te atrapasen. —Él asintió con la cabeza—. Y tuviste que cortar la cuerda porque me estaban esperando, ¿es así? —Él volvió a asentir con la cabeza—. Lo siento mucho, no tenía que haber desconfiado de ti.

Por fin, mi amigo se dio la vuelta situándose frente a mí. Tenía los ojos enrojecidos, como si hubiese estado llorando, pero en ese momento ya no había lágrimas en ellos. Ver su rostro serio hizo que me diese cuenta de lo mucho que iba a echar de menos su sonrisa si no conseguía arreglar todo aquel lío.

—Mira, Amanda, nunca he tenido muchos amigos, he hecho esto porque quería ayudarte, ¿por qué iba a traicionarte? ¿Qué motivos iba a tener?

Medité durante un instante, no sabía muy bien qué decir.

—No lo sé —dije por fin—. Yo tampoco he tenido nunca muchos amigos. No estoy acostumbrada a confiar en la gente.

—Pues si quieres que siga contigo en esto, tendrás que confiar en mí. —Extendió su mano frente a mí—. ¿Trato hecho?

—Entonces, ¿me perdonas? ¿Y quieres seguir ayudándome con todo este jaleo? —Eric sonrió.

Fue una de esas sonrisas que significaban que todo iría bien mientras siguiésemos juntos, o eso me pareció a mí. Por primera vez en mi vida me alegraba de haberme equivocado en algo... Y eso sí que era raro—. ¡Trato hecho! —exclamé ignorando su mano y abrazándole—. Y ahora, larguémonos de aquí.

—Un momento, Amanda —pidió Eric sentado frente a uno de los ordenadores del taller y tecleando a toda velocidad—. Tengo que terminar una cosa.

Benson recogía todo el equipo mientras la tía Paula abría una botella de champán.

—¡Brindemos! —exclamó llenando dos copas—. No, no, no, cariño —dijo cuando vio que me acercaba a las copas—. Para vosotros tenéis zumos y refrescos en la nevera, estas copas son para Benson y para mí.

—¿Qué haces, Eric? —pregunté ansiosa—. Estoy deseando abrir la Galería de los Secretos.

—¡Ya está! —contestó mi amigo pulsando una última tecla y girando el sillón para mirarnos—. Estaba borrando las grabaciones de las cámaras de seguridad de esta noche, tanto las de la Torre Da-

gon como las de los alrededores. También he elimi-
nado la lista de invitados. Si nos buscan, lo van a
tener un poco difícil.

—Entonces, ¿estamos preparados? —pregunté
mirando a todos uno por uno—. ¿Puedo abrir ya la
galería?

—Haz los honores —rio la tía Paula—. Te lo has
ganado.

—Vale, genial —dije—. ¿Y dónde se supone que
está la galería?

Benson se acercó a uno de los ordenadores y tecleó unos comandos.

Uno de los muros más retirados se alzó mos-
trando una puerta.

Me acerqué a ella e introduje la llave en la cerradura con manos temblorosas.

La llave no giraba.

Volví a intentarlo.

Continuaba sin girar.

Lo intenté de nuevo.

Nada.

—Permítame un instante, Amanda —pidió Benson acercándose con un spray en la mano. Me retiré unos pasos. El mayordomo sacó la llave, roció el
spray en la cerradura y volvió a introducir la lla-

ve—. Pruebe ahora, por favor. Esta cerradura lleva años sin abrirse, estaba un poco atascada, nada que un poco de aceite no pueda solucionar.

Me acerqué de nuevo e intenté girar la llave.

Esta vez la cerradura hizo los clics y clacs que tendría que haber hecho la primera vez y se abrió.

Empujé la pesada puerta con reverencia al principio, con gran esfuerzo, después, ya que la reverencia no terminaba de conseguir que se moviese la dichosa puerta.

Por fin pude entrar en la galería de los secretos de la familia Black.

Enseguida mi llegada a la mansión pasó a ocupar el segundo lugar en el ranking de momentos más emocionantes de mi vida para ser sustituido por éste. Ahora sí que tomaba posesión de mi legado. Ahora sí que sabía quién era.

Yo era Amanda Black, heredera de los Black, último miembro del culto de Maat y ladrona de artefactos para proteger a la humanidad.

Bueno, y pringada de instituto, pero eso no me parecía que quedase muy bien con todo lo anterior.

Miré a mi alrededor. Había tantas puertas que me mareé al intentar contarlas. En todas ellas había un número o un símbolo encima; supuse que sería alguna pista para saber qué se escondía tras cada una de ellas.

—Estoooooo, tía Paula, aquí hay muchas puertas, ¿en cuál está el dinero?

—Es la primera a la izquierda... Y ten mucho cuidado con abrir puertas a lo loco, que ahí dentro hay cosas muy peligrosas —contestó la tía.

—¿Y la llave? ¿Dónde está? —pregunté ya dentro de la galería.

—Marca la fecha de tu nacimiento en el panel, ya la cambiaremos mañana.

Marqué la fecha con cuidado de no equivocarme. De hacerlo, y conociendo ya la casa como la conocía, podrían pasar varias cosas, entre ellas que se disparase alguna alarma, que la puerta se bloquease o que todo saltase por los aires. Una de esas tres, casi seguro.

Tres pitidos cortos y una luz verde en el panel me indicaron que sabía perfectamente la fecha de mi nacimiento y, lo que era todavía mejor, no me había equivocado al teclearla.

Por fin pude acceder a la fortuna de la familia Black.

¡Y qué fortuna!

La tía Paula, Benson y yo no íbamos a tener problemas económicos nunca más... Y, por supuesto, si Eric iba a continuar ayudándome, tendría que ponerle un buen sueldo como consultor de la familia.

—¿Qué te parece? —La tía Paula se había acercado a mí por la espalda sin que yo la oyese—. Pero recuerda, todo esto tiene un precio, puede llegar a costarte la vida. Intentaré protegerte, pero de ahora en adelante tienes que trabajar duro y entrenar mucho.

—Es lo que tenía que hacer, tía Paula, y no me arrepiento.

Mi tía me abrazó, y supe que, mientras la tuviese a ella, ningún legado sería nunca demasiado peligroso.

32

OFICINA DE IRMA DAGON
TORRE DAGON CORP. (PLAZA DAGON, 1)
ESA MISMA NOCHE

—Señora, hemos avisado a la policía —dijo el jefe de seguridad de Dagon Corp.

—No, dígales que ha sido un error. No queremos a la policía en esto —pidió Irma Dagon.

—Pero, señora...

—No lo entiende, señor Hamilton. —Irma Dagon se levantó de su butaca, una sonrisa iluminaba su rostro—. El momento que tanto he esperado, por fin ha llegado. La Galería de los Secretos ha sido abierta de nuevo.